SEGUNDA EDICIÓN

LOS CUENTOS DE LOS PRESAGIOS

SEGUNDA EDICIÓN

LOS CUENTOS DE LOS PRESAGIOS

RENATO BETTIO

ꝏola
PUBLISHING
INTERNACIONAL

Hola Publishing Internacional
Eugenio Sue 79, int. 4, Col. Polanco
Miguel Hidalgo, C.P. 11550
Ciudad de México, México

Segunda edición, Julio 2024
ISBN: 978-1-63765-650-1
Número de control de la Biblioteca del Congreso: 2024914172

Índice

Prólogo

De algún tiempo a este instante tenía que nacer la inquietud de poner el imperio de la mente en lo perdurable de la palabra escrita y entendible para mí y para todos. El proverbio que dicta, "Has de escribir un libro para permanecer", se me hizo inalcanzable. Si había de comparar la primicia de un libro escrito por mí, que soy desconocido en el ámbito de las letras que incluye a autores geniales, capaces de trazar un rumbo mejor, o diferente, para nuestra estirpe, habría de encontrar una buena razón. Existe para todos una buen razón: la razón de creer que, de alguna manera, se puede hacer mella en el quehacer de las gentes, nuestras gentes; especialmente en los olvidados, los que llamamos "pobres", los que resisten abusos, a veces interminables, por parte de aquellos que fueron elegidos para protegerlos y abrirles brechas en lo escabroso que pudiese confrontarse para ayudarles a salir "hacia adelante".

Que esta pequeña introducción sea mi presentación a tus ojos, a tu inquietud de saber un poquitito más.

Gracias por tu bondad y tu presencia.

Renato Bettio

Los cuentos
de los presagios

Paco Luna

Por haberse robado una bicicleta, Paco Luna fue a parar a un calabozo en Usulután. Hubo cierta coincidencia, pues mientras se abría la puerta metálica de la celda de Paco, al mismo tiempo, en un país distante, se abría una puerta suntuosa de cristal labrado con marco de madera y bronce en un palacete de una calle de París. Esta segunda puerta se abrió para que entrase por ella un pequeño ladrón de los muchos que ha habido en nuestra tierra. Este ladrón acababa de comprar el palacete.

Su nombre era conocido por todos a causa de los periódicos que publicaron las noticias de sus robos cuando fue Director de los Servicios de Agua Potable del país. Después de haber esquilmado veinte millones de dólares de la Pobreza Nacional, había decidido mudarse a París y llevar una vida respetable en una ciudad maravillosa. El señor Concha, el cual era el nombre del ladrón, no tenía nada de respetable en su conducta: fue craso en sus actos de ladronismo descarado.

Paco Luna sabía de estos robos, pues todo el mundo hablaba del señor Concha, y eso le dio la entereza para echarle en cara a sus carcelarios la incomparable injusticia que se hacía en contra de él:

—¿Cómo es que a mí me llevan a chirona por haberme robado una vieja bicicleta para yo poder ir a mi trabajo de albañil, y al señor Concha nadie le dice nada, aunque se haya güeviado veinte millones de dólares?

Los carcelarios creyeron innecesario responder a tales preguntas y lo empujaron hacia su celda, en donde había cinco más condenados por algún otro delito.

Paco apareció en las calles del pueblo un día cualquiera, de repente, como muchos que habían llegado huyendo de la guerra y, como muchos de nuestros hombres, Paco había nacido solo sobre la intemperie de la tierra, sin nadie que le atara el ombligo. Sin padres que lo recibieran con cariño, creció en la miseria inverosímil, en el hambre eterna, manoseando lo poco que podría servirle de alimento, con el alma podrida y el corazón muerto a cualquier remordimiento y el entendimiento cerrado a cualquier razonamiento que no incluyera la violencia. Se le había visto golpear a niños por el solo gusto de verlos llorar. El hambre eterna, como a Don Quijote, le había "secado el celebro" y su limitada inteligencia ya no le permitía discernir lo esencial de lo extemporáneo. Vivía para el momento y cada momento parecía conducirlo a la desgracia y la perdición. La droga y el alcohol eran su escape diario a un mundo risueño en donde él era el impulsor principal de actos heroicos que siempre terminaban en el triunfo de sus hazañas.

Vivía en el cuarto inmundo de un mesón inmundo, residencia de cucarachas y otras alimañas, pero dormía y vivía más en las calles que en su maloliente cuchitril. Pedía cualquier cosa a quien encontrase en el pueblo y se enojaba si no recibía la limosna: esto le había valido reacciones violentas, cosa que envenenaba aún más su corazón. Había conseguido un empleo como cobrador de pasajes para una empresa de buses que hacían sus viajes entre los pueblos cercanos o viajes más largos entre el pueblo y la capital. El empleo no le duró mucho tiempo, pues la oportunidad se prestó para que empezara a embolsarse pequeñas cantidades del cobro por los pasajes y pronto fue sorprendido en sus robos y despedido al instante.

Un marero, amigo y compañero en la droga y el alcohol, le ayudó a conseguir otro trabajo como ayudante de albañil. Paco, como tenía que caminar unos cinco kilómetros para llegar al pueblo vecino donde era el trabajo, decidió robarse una bicicleta que fue dejada, mal puesta, en uno de los callejones del mercado, un domingo, cuando era más tupido el tránsito. El dueño de la bicicleta, un panadero que la usaba para repartir el pan en los negocios del pueblo, vio a Paco robársela y empujarla hacia la calle principal, abriéndose paso a gritos y puñetazos entre los que iban y venían en los estrechos callejones del mercado. El panadero lo persiguió, gritándole que se detuviera y pidiendo que alguien le ayudase a detenerlo, pero Paco pudo llegar a la calle principal y se perdió en el tumulto de la tarde.

Días después de haberse robado la bicicleta, regresando al pueblo al terminar su turno de albañil, tres hombres lo esperaron, bajando la cuesta que termina en la planta de bombeo del agua que surte al pueblo. Lo detuvieron antes de que él pudiese escapar, le ataron las manos y lo subieron a la cama de un pick-up. Para evitarle cualquier maniobra de fuga, dos de los hombres se subieron junto a él y lo llevaron a la prisión de Usulután, a esperar su sentencia.

Así las cosas. Al señor Concha tampoco le iba del todo bien, pues le habían llegado noticias de que en el país se había elegido un nuevo gobierno que, aunque era del mismo partido al que él pertenecía, quería ganar simpatías y adeptos y borrar un poco la impresión de fraude, robo, arrogancia, prepotencia y nepotismo que el pueblo tenía de ellos. En este afán, el nuevo gobierno había emitido leyes que le perjudicaban, pues incluían pedir al gobierno francés la extradición de él y su familia para juzgarlos por el cargo de enriquecimiento ilícito. Al señor Concha se le paralizó el corazón al saber esto y respondió, en voz alta y con furia:

—¿Cómo se atreven a hacerme esto cuando siempre fui leal al partido?

Interpuso abogados y súplicas y cuantos recursos le fueron disponibles para impedir la extradición. Francia

16

respondió afirmativamente y, después de varios meses, expidió la orden de extradición y traslado del señor Concha y su familia al país que iba a juzgarlos por los descarados robos que cometió a pesar de la pobreza del país. Inmediatamente, el señor Concha fingió una enfermedad terrible y envió al país expedientes clínicos calificados por "grandes médicos" y "eminencias franceses", quienes le diagnosticaban enfermedades sin remedio y afirmaban que era necesario, para evitar un desenlace fatal, que el señor Concha no hiciese viajes largos y que permaneciese en París, en su domicilio, al cuidado de enfermeras y doctores expertos.

Sin embargo, después de cierto tiempo se obtuvo el visto bueno para que el señor Concha viajara. Y así emprendió el penoso viaje de regreso al país que lo vio nacer, que le dio el amor sin precio que dan las personas nobles a sus hijos, que lo educó en sus aulas, que se alegró con sus juegos y su risa, que lo protegió con el cariño de una madre frente a las dificultades de la vida cuando él iba dejando su niñez y su juventud en el paisaje eterno de la patria. Ese país, al cual él nunca llamó patria, ese país al cual le mostró su cara de ladrón y perverso, país por el cual le nació en el corazón la antipatía , la burla y el desprecio, iba al fin a hacerle preguntas que lo iban a herir, a perturbar en el fondo del alma, a quitarle un poco de su honor, a hacerle sentir el fango putrefacto en el que él mismo había decidido hundirse, "porque no hay nada más vil, más bajo, más perverso y criminal que robarle a un pueblo pobre": el señor Concha decidió entrar en nuestra historia nacional como un ladrón, nadie lo obligó a hacerlo, él, él solo, tenía en sus manos el poder para salir de esa infamia, porque ahí, en ese fango, no hay amigos, sólo el espejo que refleja el alma y que ha de seguirnos hasta el final de los días.

De vuelta en el terruño, su instinto no se estremeció de emoción, pues su instinto no era como el de los renacuajos o el de las tortugas que siempre ansían regresar al lugar donde nacieron. En los resquicios de su alma no quedaba ya la menor sensación de ternura para su raza, para la tierra de su origen; al contrario, en su alma anidaba el desprecio hacia su sangre, lo que le permitió hacerle daño al país y alejarse sin ningún remordimiento.

Aterrizó con el semblante entristecido. Necesitó una silla de ruedas para su traslado y pasó directo a la cárcel a esperar su sentencia. Fue valiente durante su juicio y aceptó su condena. Pasó nueve años en la prisión, donde ni los criminales más abyectos querían acercarse a él. Al salir de la cárcel, la vergüenza lo obligó a regresar a París, a vivir con su conciencia.

Paco Luna fue procesado y condenado por su robo. Pasó un mes en la penitenciaría de Usulután y regresó al pueblo a reunirse con su mara. Se hizo más cruel en sus actos en contra de los jóvenes mareros que entraban en las filas de la jauría, exigía que soportasen palizas despiadadas antes de ser admitidos como miembros leales. Nunca aceptó la ayuda de familias que le ofrecieron pagar por lo necesario para que fuese a la escuela primaria y aprendiese a leer. Vendió por cualquier cosa los cuadernos y libros de lectura que se le regalaban. La parroquia del pueblo también le ofreció una comida diaria con tal de que él permaneciese en la escuela, pero también lo rechazó. La trayectoria de su vida estaba irremediablemente dirigida hacia el crimen, el fracaso y la muerte. En algún momento pensó unirse a una de las caravanas que se dirigían al norte, pero sus actos de violencia lo habían ya señalado como blanco de los grupos armados que se estaban formando como defensa en contra de las maras, pues la complicidad de jueces y gobernantes en favor de las maras había hecho la vida de los pueblos peligrosa y difícil.

La angustia y la impotencia de las gentes hizo nacer esa respuesta temeraria. Al final, se vería que la solución para tanta corrupción requería de la unidad en un común sentimiento para traer al país gobernantes y jueces honestos y abrir las puertas a un destino menos triste, menos pobre, para un país aún en formación pero orgulloso de caminar en las filas de los pueblos libres.

Una apacible tarde

El asesinato ocurrió a las 5:20 de la tarde de un febrero quieto, con sus días calurosos y sus noches frías. Ana Luisa, dieciséis años de edad, pelo azabache y ojos verdes, iba hacia su casa después de haber comprado un dólar de pan dulce en el mercado del pueblo. Su casa estaba en el callejón detrás del cementerio y ella tenía que pasar por la entrada del panteón para evitarse un rodeo de tres cuadras para llegar. El panteón estaba bajo el control de una pandilla de cinco miembros, el más joven tenía catorce años de edad y le gustaba pavonearse en el portón del panteón con una ametralladora cruzándole el pecho. Se le llegó a conocer como "El Hombrecito de la Metralla". La mara, o pandilla, controlaba todos los trabajos que pudieran hacerse en el panteón, desde la construcción de nichos hasta el levantamiento de mausoleos, aunque ninguno de sus miembros hubiese trabajado jamás como albañil o carpintero, además de no saber leer y contar apenas con limitada inteligencia para aprender cosas nuevas.

El jefe de la mara, Lico "El Tuco", era un despiadado y violento criminal. Se decía que sus actos incluían violaciones de muchachas, robos, sobornos y amenazas, balazos hacia casas habitadas por aquellos que no podían pagarle la "renta de seguridad", y el acuchillamiento de un pandillero que lo había insultado enfrente de su novia.

En una de las muchas riñas contra maras contrarias por control de territorio, el jefe de una pandilla opositora, "El Choco" Ibáñez, llamado así por estar ciego de su ojo derecho, el cual en mitad del fragor de la bronca le tiró un machetazo al Lico, tan certero que le voló de un tajo la muñeca y mano izquierda, dejándole sólo un tuco, o pedazo de antebrazo. El Lico pasó tres meses en un hospital público, tramando su venganza y esperando sanar para seguir su vida de pillaje. Meses después encontraron, en una quebrada, atado a un conacaste, el cuerpo de un hombre quemado, acuchillado y con un enorme clavo saliendo del ojo izquierdo. Todo el mundo entendió que Lico había sido el autor de tal salvajismo. No hubo persecución por ese crimen, pues nunca se adelantaron testigos para declarar. Lico se fortaleció en su posición de jefe de la mara del panteón.

Los pandilleros ya habían notado la figura de Ana Luisa y la habían llamado varias veces para que hablase con ellos. Ella siempre los rehuyó y, para evitarlos, caminaba del lado opuesto de la entrada al panteón y bajaba presurosa la vereda que conducía a su caserío, donde vivía con sus padres.

La tarde trágica, al pasar Ana Luisa por el frente del portón del cementerio, los cinco mareros la siguieron con los ojos, la vieron bajar la vereda que al final de la barda del panteón va hacia el caserío donde ella vivía. La vieron desaparecer a la altura de la calle, donde empieza la vereda, y se miraron los unos a los otros. Corrieron a alcanzarla y la suerte estuvo en favor de ellos y en contra de Ana Luisa, pues no había nadie dirigiéndose al caserío que pudiera protegerla. La rodearon, uno de ellos le tapó la boca con un pañuelo sucio mientras los demás la levantaron en vilo y, cargándola, corrieron hacia una pequeña colina, al lado del camino. La subieron con premura y bajaron hacia la quebrada detrás de la colina y se perdieron los seis en el principio de la noche.

El Hombrecito de la Metralla fue abandonado por sus padres que desde temprana edad le incitaban al robo y a la trampa hasta que finalmente desaparecieron para siempre y el Hombrecito se quedó vagando en el pueblo y subsistiendo en los mercados de lo que la bondad de los mercaderes le regalaba para no morir de hambre. No sabía leer, pero sabía insultar y defenderse de cualquier agresor. Por haberse metido a una casa que él creyó deshabitada, salió con un machetazo en la cara y un balazo en el muslo izquierdo que para siempre le impidió caminar normalmente. Sus principios en la pandilla fueron violentos y su primera misión terminó en un asesinato: el dueño de una gasolinera cercana se había resistido al soborno de la mara, había contratado a un guardián armado y construido una verja de hierro, sobre ruedas, para cerrar por las noches la entrada a la gasolinera. El guardián se quedaba en la caseta, que también servía de pequeña tienda que vendía paletas, gaseosas y chucherías.

Una noche uno de los mareros se acercó al portón corredizo y empezó a sacudirlo. El ruido alertó al guardián, que se acercó con cuidado a averiguar qué pasaba. El marero gritó, fingiendo que estaba borracho. El cuidandero, al tratar de calmarlo, se descuidó y no vio al Hombrecito que salía de las sombras y metía el cañón de la ametralladora por en medio de las rejas de la verja corrediza para descargar su arma contra el guardián. Al terminar su crimen, los dos mareros huyeron hacia su guarida. Al despuntar la mañana se encontró el cuerpo acribillado del guardián, empuñando su arma pero sin haberse podido defender.

La guarida de la mara era una casa en una calle empedrada que empieza en un pequeño kiosco de la calle principal y que termina en el portón del cementerio. Esa casa pertenecía a un mojado, que residía en el Norte, y estaba desocupada la mayor parte del año. La mara quebró todas las cerraduras de la casa y se apoderó de ella, sirviéndoles de cuartel principal para sus fechorías. La pandilla tenía dieciséis miembros: cinco en el cementerio y once más en un barrio cercano. No se sabía de riñas entre ellos.

El cuerpo de Ana Luisa fue descubierto a la mañana siguiente. La encontraron en un recodo de la quebrada, desnuda, boca abajo, con la boca llena de arena. El resto de su cuerpo gritaba los signos del martirio: su ojo izquierdo, casi saliendo de su órbita, era testigo de un puñetazo brutal, con sangre coagulada alrededor y moretones enormes en las sienes y mejillas; sus labios estaban tumefactos y partidos por los feroces puñetazos; sus senos mostraban señales de múltiples mordidas; cuatro puñaladas en su pecho y en su abdomen atestiguaban el final de su vida. Fue violada múltiples veces por la jauría.

La muerte fue misericordiosa con Ana Luisa. Su familia y sus compañeros de escuela la acompañaron a su tumba, en un pueblo distante. Hubo un silencio cómplice alrededor de su muerte; nadie vino a investigar lo sucedido.

Ana Luisa tenía un tío en la capital, Plutarco, militar de profesión, que había peleado al lado de los gringos en la guerra de Irak y bajo el comando polaco, estacionado en Fallujah. En una escaramuza su patrulla perdió varios hombres y Plutarco peleó hasta agotar su munición. Desempuñado su puñal y herido en un muslo, pudo escapar de la emboscada después de herir a un enemigo y ampararse en las sombras de la noche. Regresó al país como un héroe y se retiró con el rango de teniente, pues, según las crónicas de esa guerra, de todos los países de América Latina, solamente El Salvador había enviado a sus soldados a pelear y morir al lado de los gringos; de ahí nadie, nadie, nadie tuvo el coraje para enfrentar las balas de los mamelucos que habían invadido un pequeño país vecino para anexarlo y quitarle su riqueza petrolera. Plutarco vivía con su familia en una colonia de clase media, era de pocas palabras; la confianza de aquél que ha triunfado sobre la muerte le salía por los ojos.

Fue al sepelio de su sobrina y estuvo silencioso de principio a fin. No le hizo ninguna pregunta a nadie y regresó a la capital después de despedirse de su hermana y su cuñado. Plutarco tenía conocidos y amigos en varias secciones de la Seguridad Nacional, un compadre era el presente jefe de la estación policial del distrito contiguo a su colonia. Plutarco habló con varios de sus antiguos compañeros de armas y con otros recomendados por aquéllos.

Pasaron cinco meses desde del martirio de Ana Luisa. Cierto mediodía entró al pueblo un Toyota pick-up con tres hombres en el interior. El pick-up se estacionó en la calle principal, al lado del pequeño quiosco, después de pasar a unas dos cuadras de la calle paralela del panteón, la cual hace esquina con la calle principal. Dos hombres bajaron del vehículo y subieron por la calle empedrada, desde el kiosco, en dirección al cementerio. Antes de llegar a la casa ocupada por los mareros, se detuvieron en una pequeña tienda de chucherías en donde compraron Coca-Cola y unas bolsas de papitas. Tomaron sus refrescos en la entrada de la tienda, haciendo nota mental de los predios vacíos y las casas construidas hasta llegar al panteón, cuando divisaron a dos mareros saliendo de la casa que habían usurpado, uno de ellos tenía el tatuaje de una serpiente en el lado derecho del cuello.

Los hombres disimularon su presencia, forzando una risa y mirando en sentido opuesto a los mareros, los cuales habían empezado a caminar hacia el cementerio. Los hombres se esperaron unos sabios minutos más en las gradas de la entrada de la tienda y luego caminaron, solapadamente, hacia el portón del panteón. En la entrada del cementerio, sentado sobre una banca de cemento y debajo de un letrero que decía, <VER, OIR, CALLAR>, estaba El Hombrecito de la Metralla con su ametralladora reposando sobre sus piernas. Los hombres lo vieron y lo saludaron. No entraron al panteón, sino que continuaron su paseo, doblando la esquina hacia la derecha y, bajando la calle paralela al panteón, llegaron a la calle principal, la cruzaron y siguieron caminando hacia la izquierda, en dirección de la salida del pueblo. Después de caminar unas dos cuadras, se detuvieron bajo uno de los muchos árboles que forman la Alameda de la entrada del pueblo. Bajo esta sombra, uno de ellos apoyando su pie sobre la gruesa columna que sostiene una enorme bola de cemento, recuerdo solemne de la antigua entrada al pueblo, esperaron por su compañero, que los recogió en su pick-up, y se perdieron en la tarde.

Cinco semanas después, a las dos de la mañana, en el silencio de la noche, entraron al pueblo dos carros con siete ocupantes: siete hombres enmascarados con una misión que cumplir. Se estacionaron cerca del kiosco y subieron la calle empedrada hasta la casa ocupada por los mareros. Traían dos arietes de cemento y armas pesadas de grueso calibre. Abrieron silenciosamente la puerta de hierro de la verja frontal de la casa que carecía de candado, pues los mareros lo habían removido para apoderarse de la casa, y los siete enmascarados subieron las cinco o seis gradas de cemento que, después de la verja de hierro, terminan en un descanso también de cemento, antes de subir otra pequeña grada que ya es parte del cimiento de la casa y en donde está la puerta de madera del frente.

Tres de los enmascarados rodearon la casa desde el patio hasta la puerta trasera de la casa y esperaron la señal convenida para empezar y terminar su misión. A tal señal, los dos arietes rompieron, al unísono, las cerraduras de la puerta frontal y de la puerta trasera de la casa. Los siete hombres irrumpieron en la casa, despertando con sus gritos a los mareros, los cuales, despavoridos, al adivinar lo que ocurría, gritaron y levantaron sus manos en señal de rendición, pidiendo a gritos:

—¡Perdón! ¡Perdón! ¡Por favor no nos disparen!

La metralla de los siete enmascarados rugió y era funesto el sonido de las balas entrando en la suave pulpa de los cuerpos y llevando el mensaje de la muerte. Lico El Tuco trató de escaparse por una ventana de su dormitorio, cuando fue abatido por dieciséis balazos al cuerpo y dos a la cabeza. El marero del tatuaje de la serpiente lloró y rogó, como el cobarde que había sido en su breve vida, antes que diez balazos le destruyeran el rostro. El Hombrecito de la Metralla quedó abatido bajo la pequeña mesa del comedor;

su cara tenía pintado el inmenso terror del que no sabe por qué la vida se le estaba escapando. Los dos mareros restantes tuvieron la oportunidad de empuñar sus armas y defenderse, pero fue demasiado tarde por lo repentino del asalto: murieron con sus pistolas en las manos, acribillados por docenas de balazos. A uno de los enmascarados se le oyó decir, antes de que se cerrara sobre la funesta casa el silencio sepulcral, una frase que parecía iba a ser el grito de guerra contra los criminales:

—Así te quería agarrar.

Los vecinos, que despertaron durante el tiroteo y el tumulto, no se atrevieron a salir de sus casas sino hasta que despuntó la mañana. Nadie quiso entrar en la funesta casa aunque sus puertas habían quedado abiertas.

Así pasaron varios días, hasta que un grupo de jóvenes, probablemente miembros de pandillas de algún pueblo vecino, vinieron al pueblo en un viejo pick-up y se llevaron los restos de los cinco jóvenes mareros acribillados para enterrarlos en algún sitio.

Esta vez tampoco hubo investigaciones. Nunca se supo quiénes eran los siete enmascarados que vengaron el martirio de Ana Luisa.

Pasaron otros tres meses y, antes de las fiestas patronales, un viernes lluvioso a las dos de la mañana, entraron al pueblo cinco carros con dieciséis hombres enmascarados. Se dirigieron a cuatro casas del barrio donde operaban once mareros. Su misión podía adivinarse. En esta escaramuza tres enmascarados resultaron heridos de bala y once mareros murieron. Sus nombres los supo el tiempo y la memoria del pueblo se encargó de sepultarlos.

La Luz

Hacía ya mucho tiempo desde el día en que La Luz había llegado al pueblo. Fue algo inesperado su primera aparición, pues sólo era posible ver su resplandor en la punta del cerro, en las noches sin luna.

El cerro es un boquerón de algún volcán apagado y para llegar a la cima hay que subir unos mil metros, empezando desde el final de la Calle del Calvario, en donde se divide en dos: por el lado izquierdo baja una vereda hasta las viejas pilas de lavar la ropa que ha usado la gente desde tiempo inmemorial; por el lado derecho está el puente Marie Pilar que cruza la quebrada que corta en dos al pueblo. Nadie sabía por qué el puente llevaba ese nombre, pero ahora el pueblo lo conoce como el puente de María del Pilar, pues era difícil pronunciar el nombre Marie. Desde este pequeño puente, adornado con una balaustrada y los rostros en relieve de dos mujeres jóvenes enmoldados en la curva del arco central del puente, hay que subir los mil metros por la cuesta del Chagüite y bordear el pequeño río que baja desde la cima del cerro y desemboca en la quebrada. En su bajada, el pequeño río forma pequeñas cascadas y pozas que desde siempre han servido de diversión a los lugareños. Ya cerca de la cima se empiezan a percibir los vestigios del volcán, pues, de repente, a la vuelta del camino, aparecen pequeños ausoles con sus yesos o barros de colores y pozas de agua caliente escarbadas en las grandes rocas volcánicas.

Nadie, ni las comadres del mercado, que siempre saben lo esencial, podían decir exactamente cuándo había llegado La Luz al pueblo. Se tenían vagas ideas de su principio, los más viejos del pueblo sostenían que ni el radio ni la televisión habían hecho su entrada en la vida de las gentes cuando ya La Luz podía percibirse y al preguntarles al respecto ellos contestaban:

—Uy, ese resplandor ya estaba ahí mucho antes que el presidente Manuel Enrique y, según mi mamá, don Manuel Enrique subió el Chagüite una noche para conocer La Luz y cuando bajó proclamó que iba a lanzar su candidatura a Presidente de la República.

La fama de La Luz empezó a salir de los confines del pueblo y llegó hasta la capital. Cierto día arribó al pueblo un grupo de soldados al mando del teniente coronel Chebo Monterrosa. Ya que, según las normas de aquellos tiempos, el sólo llegar a teniente coronel era ya cualificación suficiente para poder dar un Golpe de Estado y ocupar la presidencia de la república, Monterrosa no pudo ocultar su más íntimo deseo cuando se enlistó como recluta de soldado en el ejército del país.

Monterrosa era del occidente, de una familia pobre en un pueblo pobre. Su ambición le exigía presionarse para llegar a su meta cuanto antes. Se inscribió en una escuela nocturna y sacó su bachillerato con magníficas notas; subió en los rangos militares y obtuvo el de teniente coronel a sus treinta y siete años de edad. Desde entonces ocupaba su curiosidad el Diccionario de la Lengua Española de la Real Academia, de donde él memorizaba palabras nuevas para incrustarlas en su vocabulario, pues decía que un presidente necesita tener la más alta cultura posible. En sus arengas a la tropa hablaba como un arzobispo y esto le servía mucho para apantallar y mantener el orden.

Cuando él y sus soldados llegaron al pueblo, reunió a su tropa en el Parque Central y no se ocupó de anunciar su llegada ni al alcalde ni al cabo del puesto de la Guardia Nacional, pues según él esas personas eran ya, o serían muy pronto, sus subalternos y tendrían que obedecerle. En su arenga a los soldados y para explicarles el motivo de su visita al pueblo, Monterrosa engoló la voz y dijo:

—Nuestra misión en estos lugares es tan esencial como lo es el hallazgo de lo inesperado para resolver el misterio de este percance, pues se supone que el contacto con La Luz puede dotar al favorecido con talentos importantes para gobernar.

Al terminar su arenga, los soldados le aplaudieron y él les favoreció con una ancha sonrisa.

Cuando Monterrosa se dirigía a saludar al alcalde, los soldados le preguntaron a uno de ellos, Tulio Gavidia, quien por haber terminado la escuela primaria ya sabía leer y podría responder a sus preguntas:

—Mirá, Tulio, ¿y qué quiere decir "requiere"?, ¿y qué es un "percance", vos?

Tulio respondió lo mejor que pudo:

—Requiere significa querer dos veces, pues ya ves cómo el teniente coronel ha estado buscando La Luz por mucho tiempo. He oído decir que percance es una fruta cachimbona, pero que sólo crece en Guatemala.

Los soldados se quedaron satisfechos con dicha explicación y se alistaron para subir el cerro. Para tal menester, Monterrosa había preparado unos sacos de yute embarrados con brea y alquitrán en su parte interior, pues su razón le había hecho deducir que, como La Luz podía escaparse por los hoyitos entre las fibras del yute, los sacos embarrados iban a impedir ése percance. Los sacos eran de boca ancha y sus cuellos iban reforzados con pretinas de manta que llevaban cosidas un número de porta cinchos del mismo material y por los cuales se pasaba una soga de yute para, en su momento y cuando los sacos estuviesen ya llenos de La Luz, hacer rápidamente un nudo y atrapar grandes porciones sin que pudiese escapar.

Según Monterrosa, La Luz podría sacarse de los sacos poco a poco y repartirse entre aquellos que serían de su favor cuando él llegase a la presidencia. La idea era que cada soldado llevase dos o tres sacos y que al llegar al resplandor de La Luz se abrieran los sacos rápidamente para atrapar, en cada saco, la mayor cantidad posible de su resplandor.

Los soldados llegaron un mediodía lluvioso, oscuro y con ventarrón. Habían llegado también al pueblo noticias de ríos desbordados y zonas inundadas en los cantones y valles en las partes bajas de la costa. Los soldados contestaban, "Estamos apurados", cuando se les sugería desistir, temporalmente, de la subida al cerro por la amenaza de la tormenta.

Como a las cinco de la tarde, cuando la tropa llegó al puente María del Pilar para empezar la subida del boquerón, ya todos estaban empapados y los sacos pesaban más de lo debido. Pero, obedientes, iniciaron la caminata lentamente, pues la lluvia arreciaba por momentos y a mitad del camino se encontraron con más dificultades, pues el río ya crecido rebalsaba sus orillas, que sirven a la gente como veredas para subir el Chagüite. Las botas, ya empapadas, se llenaban de lodo que hacía más difícil el avance, pero la tropa estaba empecinada por llegar a la cima y llevarse en sus sacos los racimos de La Luz para, según ellos, llegar a ser mejores.

A unos cien pasos del principio de los ausoles, la furia del tifón se derramó contra ellos. El bramido del viento era ensordecedor y los árboles empezaron a doblarse y a perder sus ramas ante la fuerza del viento. Una de esas ramas encontró la cabeza de un soldado y lo derrumbó, a pesar de su casco. El terror empezó a llenar el ánimo de la tropa y Monterrosa se dio cuenta que su misión era ya en vano, pues se dijo a sí mismo, "¿Cómo se puede embolsar ni siquiera un cuartillo de La Luz con tanto viento?", y aunque la noche ya estaba cerrando, la tropa inició la bajada de la montaña con tantas penurias como la subida. Las veredas estaban resbaladizas y dos de ellos cayeron a una de las pozas, pudiendo salvarse usando los sacos como flotadores. El soldado herido necesitó ayuda para bajar, agarrado a dos de sus compañeros que le sirvieron de guía y de báculo.

La tropa llegó al Parque Central como a medianoche; no había nadie en las calles. El tifón, detenido un poco por las montañas que rodeaban el pueblo, derramaba su impotencia con torrentes enormes de lluvia que formaban ríos en las calles empedradas y que bajaban veloz y furiosamente por lo empinado de las calles.

La tropa sacó su ración de sus mochilas y comió, silenciosa, en el kiosco del parque hasta que Monterrosa dio la orden de salir hacia la capital a pesar del vendaval y los peligros del camino. Subieron todos al vehículo militar en el que habían llegado, salieron lentamente del pueblo y se perdieron en la noche.

El pueblo no volvió a saber de Monterrosa. Eventualmente llegaron noticias de que había intentado un Golpe de Estado en contra del presidente, pero la rebelión de un cuartel leal al presidente le cerró todos los caminos. Cayó prisionero y fue encerrado en la cárcel de su mismo pueblo hasta que un nuevo presidente, amigo de Monterrosa desde sus años como recluta, le dio amnistía y lo dejó retirarse con su familia a la capital.

Todo el pueblo decía que a La Luz había que acercarse sin violencia, sin ambiciones, con la mente limpia para aprender lo que tuviera por enseñar. De estas pláticas salieron las razones para iniciar peregrinaciones hasta la cima del boquerón. Se empezaron a organizar dichas marchas según los fieles de las distintas religiones del pueblo, ya como cofradías o como capítulos. Se pedían contribuciones para poder comprar preseas que pudieran agradar a La Luz, pero los más listos, descarados, pícaros o abusivos se quedaban con la mayor parte de tales contribuciones. Así se veía subir, "para poder alcanzar La Luz", a los aspirantes a alcaldes, diputados o gobernadores.

Cierta vez, los amigos mareros de Paco Luna lo convencieron para subir al boquerón. Ellos iban con la intención de robarse un jirón de La Luz y ofrecerla, a un buen precio, a los otros malandrines del pueblo. Paco acababa de salir de la cárcel, en donde fue encerrado por haberse robado una bicicleta. Sus amigos se decían que, si Paco alcanzaba, aunque fuese un poquito del resplandor de La Luz, eso podría ser suficiente para cambiar su vida de pillaje. Paco los acompañó hasta el punto donde estaba una pequeña cascada y una poza de buen tamaño y profundidad, y pronunció ahí estas palabras lapidarias:

—Yo aquí me quedo, pues aquí estoy galán y cachimbón y no necesito nada de La Luz; váyanse ustedes y yo me regreso al pueblo cuando me aburra y me dé la gana.

Incluso las iglesias empezaron a tomar parte en el asunto, pues había pasado a ser un elemento esencial en la vida del pueblo y se temía que La Luz pudiera interrumpir, o peor aún, contradecir disposiciones religiosas. Por fortuna llegó al pueblo un sacerdote español, quien con una educación obtenida por su vocación intensa y su gran inteligencia explicó en un sermón en la iglesia del pueblo:

—Mi limitado entendimiento de La Luz me indica que no contradice ni un ápice el dogma de mi Fe —con esto, el misterio de La Luz se hacía profundo o superficial, según era la composición de cada conversación sobre ella.

Empezaron a llegar al pueblo los letrados del país: Maestros de la Universidad en las cátedras de Filosofía, Física, Química, Meteorología, Estudios de lo Oculto y otros. Todos daban explicaciones según su cátedra y finalmente acordaron formar la Comisión Nacional para el

Estudio de La Luz. Se empezaron a publicar libros llenos de sus razonamientos para explicar el origen y el motivo, pero jamás uno de ellos se atrevió a subir al boquerón en la noche para contemplar en sus espíritus y sentir en la punta de sus nervios la presencia de La Luz.

Los años fueron pasando y contemplar el resplandor de La Luz por un pueblo que se había acostumbrado a su presencia se hacía cada vez menos necesario, hasta que explotó El Conflicto con la elocuencia de mil trompetas: vino la Guerra Civil con su acostumbrada e insaciable mortandad. Ahí cayeron setenta y cinco mil muertos y quedaron doscientos sesenta mil víctimas entre viudas, huérfanos y heridos.

El pueblo no se salvó de las sombras de la muerte. Muchas veces había enfrentamientos entre los bandos contrarios, siendo teatro de las escaramuzas y tiroteos el centro del pueblo y al final de las balaceras podían contarse cuerpos de hombres jóvenes, acribillados en las sendas y los arriates del Parque Central. Alguien hizo un poema sobre esa vista macabra, haciendo ver que en nuestra sangre hay vestigios de una raza cimera, la Maya Lenka, que se estableció en las laderas de la montaña que hoy ocupa el pueblo. Tal poema aún está enmarcado en una de las paredes de la alcaldía municipal.

La guerra duró doce años. El desastre económico del país fue profundo aun para un pueblo estoico que ha vivido en la pobreza desde sus principios históricos. El éxodo hacia el norte fue obligatorio para muchas familias que habían perdido sus deudos en el Conflicto. De este éxodo en el que iban miles de huérfanos, saldría, algún día, el cono de la violencia con sus pandillas o maras y sus ultrajes a la inocencia de los jóvenes que se negaban a ser miembros de tal o cual pandilla; sus violaciones a las muchachas jóvenes; sus amenazas a los que se oponían al soborno, amenazas que casi siempre se cumplían con el asesinato de algún familiar o algún empleado, de aquél que se resistía al soborno.

Un presidente gringo deportó a miles de estos jóvenes que sólo conocían la maldad, el sacar ventaja de cualquier situación sin ningún espíritu de renovación, sin miramientos para quitarle la vida a un ser humano; expertos en la venganza y siempre esperando vivir del trabajo de los demás. El nombre del presidente gringo se leía en las esquinas de una calle de la capital, hasta que llegó un gobierno sin ninguna simpatía por el "regalo" de miles de pandilleros que el presidente gringo había dado al país y arrancaron todos los letreros o signos con su nombre y los tiraron a la basura.

—Que es en donde deberían de estar —fue la tajante explicación del gobierno.

Por esos años, el resplandor de La Luz se percibía más intenso.

—Algo está pasando —decían los ancianos del pueblo.

—Esperemos que sea algo bueno —decían las comadres que siempre saben más de lo que dicen.

Un día como cualquier otro, domingo, por cierto, al irse sumiendo la tarde se vino el rugir de la tierra. Los testigos dijeron que oían como si grandes pedazos de la montaña cayeran en un lago profundo pero invisible. El chapaleo producido por el fenómeno era aterrorizante y la gente perdió la esperanza de salir con vida de tal cataclismo. El terremoto duró nueve minutos y arrasó con todas las casas del pueblo. La iglesia colonial y su campanario, orgullo del pueblo, se destrozó casi en el aire y su gran campana fue a caerle a una maestra de la escuela primaria. Un empleado del juzgado, cuando estaba él en su momento preciso, se derrumbó con su asiento y cayó en la fosa séptica que se había desgarrado y expuesto por la violencia y fuerza titánica del sismo. Tal caída le salvó la vida y él solía repetir un refrán, que "jamás se enojaría con ninguno que lo insultase e hiciese referencia a su afortunado y oloroso episodio".

Murieron diez mil personas. Por tres meses hubo un bloqueo militar de toda la zona que duró hasta que se hubieron removido y enterrado los cadáveres y limpiado los escombros. Durante esos días de irremediable pérdida, el resplandor de La Luz fue más intenso y espeso, como jamás se había visto. La ayuda internacional fue pronta y efectiva. Los gringos, como siempre, fueron los que más donaron, pero, como siempre, gran parte de esa ayuda se escurrió entre las manos y los bolsillos de los "representantes del Estado". La reconstrucción fue lenta y dolorosa.

Las familias italianas y suizas que se habían establecido en el pueblo por su clima magnífico y las riquezas encerradas en sus cafetales cerraron para siempre sus viviendas y se perdieron de la historia del pueblo. Hubo valiosas y queridas excepciones en dos o tres familias suizas y en cuatro o cinco familias italianas que se quedaron a compartir con ellos la desgracia o la fortuna del pueblo. El magnífico resplandor de La Luz, en esos días aciagos, era innegable, parecía que la montaña tenía prendida una gran antorcha para servir de guía o para traer un poco de calor a la esperanza y hacerla sentir superior a la miseria.

La reconstrucción duró seis años. Las compañías peruanas encargadas de la reconstrucción hicieron cosas magníficas, pues todas las casas fueron construidas antisísmicas con columnas de hierro y bloques de cemento, techos de duralita o asbesto y drenajes apropiados en todas las casas; todas las fosas sépticas se cerraron para siempre y facilidades como agua potable y luz eléctrica auguraban una vida más próspera. Pero también se cometieron terribles errores, las calles rectas del antiguo pueblo se borraron y fueron reemplazadas por una curva que no termina en ningún sitio. El viejo Parque Central, ideal para ceremonias, en donde se iban a conocer los jóvenes del pueblo y a destripar cascarones de huevos pintados y llenos de confeti o de coróz en las cabezas de las cipotas más bonitas los días de Semana Santa, o para ir en las amables tardes a patinar por sus sendas de ladrillos esmaltados que formaban figuras geométricas y que era una herencia dejada al pueblo por Manuel Enrique, fue completamente demolido y reemplazado por algo increíble: los ladrillos esmaltados se removieron y fueron cambiados por una capa de cemento burdo; el Kiosco, donde tocaba una banda municipal los fines de semana y alegraba las tardes y los principios de las noches, fue derribado y sustituido por algo inaccesible; las entradas y las salidas del antiguo Parque fueron trocadas por entradas sin salida y por salidas sin entrada.

No había explicación para todo eso, pero el pueblo, agradecido por su reconstrucción, no hizo reclamos y se resignó a los cambios que ahora veía en su antiguo y bello pueblo.

Años después del terremoto y de la Guerra Civil, llegó la invasión de las pandillas. Poco a poco fue cambiando el ambiente de la cultura nacional: ideas y palabras no reconocidas anteriormente empezaron a hacerse parte del jargón juvenil; se hablaba de "la droga" o de "la mara" con la puerilidad del inocente o ignorante, sin percibir que se estaba discutiendo la virtud de la vida o la posibilidad de la muerte. La falta de respeto a los mayores se hacía más notable, podían verse, en la televisión, imágenes de jóvenes pandilleros rodeando con su jauría a un pobre hombre de unos cincuenta años de edad y destrozándolo a patadas en una calle de la capital después de haberlo humillado; dándole pescozones antes de derribarlo al suelo y terminar su misión de aprendizaje y entrada en la pandilla como miembros leales.

Los asesinatos se hicieron incontables. Era temerario salir por las noches en cualquier pueblo o ciudad del país.

Se percibía que el criminal tenía más derechos que sus víctimas y la frustración empezó a hacer mella en la fuerza espiritual del alma nacional.

El rescate de aquel pueblo abandonado se veía lejano, habían llegado a la presidencia de la república hombres sin escrúpulos, falaces, nefastos, fraudulentos, mentirosos y ladrones. Don Gustavo Padilla, el viejo sabio del pueblo, había dicho muchas veces:

—No hay nada más bajo, criminal y malvado que robarle a un pueblo pobre —pero ahí estaban los de siempre con su arrogancia inaudita, su astucia para hacer el mal, expertos en excusas y siempre llenos de promesas que nunca se cumplían.

Algunos de ellos, después de haber saqueado el erario nacional, habían comprado la nacionalidad de un país vecino para evitar cualquier persecución que pudiera socavarles algo de su honor. Uno de ellos, antes de salir del país, dijo lo que estaba en la esencia de su alma cuando alguien le hizo preguntas acerca de sus robos:

—¡Si estos babosos no merecen nada, hombre! Yo, con mi pisto, puedo comprar otra vez la presidencia si me da la gana.

En el pueblo, La Luz, en lugar de dar signos de cansancio, hizo su fulgor más aparente e iluminó el boquerón como un pequeño sol. Las gentes sonreían al verla, pues sabían que tenían en su seno algo único, reservado para los valientes en el infortunio; para los héroes en la conquista de la vida; para el pensador o poeta que adivina el universo y ensancha los horizontes de los hombres. Se percibía, se sentía, que estaba cerca un tumulto, una protesta, una tormenta social para enderezar el rumbo, para sostener la historia y la esperanza de un pueblo acostumbrado al sufrimiento, al hambre eterna, a caminos sin salida...

Así las cosas. La Luz no se movía de su sitio, cambiaba un poco su fulgor de acuerdo con el sentimiento nacional, pero siempre parecía hermanarse con el regocijo y la alegría, así como también con el terror y la desesperanza, haciéndose más tenue en los días felices y más lozana en los días de angustia. Nunca se le dio un nombre a La Luz, pues según el pueblo no lo necesitaba, ya que todo el mundo sabía quién era y dónde estaba. La Luz no requería de guardias, cercados o murallas para su seguridad, cualquiera que tuviese confianza y llevase en su rostro la impostura que da la nobleza del alma, podría acercarse a ella en medio del silencio de la noche y con suerte bajar de la cima del boquerón con un mejor entendimiento de lo valioso que es el hombre. Atónitos los cerebros que habían buscado explicación a este maravilloso fenómeno no supieron jamás cómo encontrar la sencillez que da la sabiduría.

Por fin llegó lo anticipado, lo que era requerido del país para entrar sin empujones en la conversación de los pueblos libres. No más tiranías, no más robos, no más corrupción de la justicia, no más temor de caminar en nuestras calles en mitad de la noche, no más hambre para los pequeños que entraban en las escuelas a aprender lo que es nuevo, a respetar lo que es viejo con olor a eterno, a divisar un ancho y largo horizonte, a alegrar los caminos con sus risas, a llevar en sus vidas la constante impresión de que todo puede cambiar en un instante; a sentir que está en ellos la única solución basada en la verdad y no en el pillaje, la arrogancia e insulto hacia los pobres y el robo descarado de lo poco que se tiene en el país donde nacieron.

La Luz permaneció incambiable. No podía adivinarse cuál era el significado de esa manifestación que había iluminado las mentes de los más honestos desde el nacimiento de la nación hacía ya más de doscientos años, pero era perceptible su presencia en los tratos amistosos o en argumentos belicosos de nuestra gente. Los que tienen algo de fe pueden decir, aunque no lo entiendan, que siempre será así y que el secreto sólo se abriga en la mente de muy pocos, aunque muchos aspiren a ser uno de ellos.

A través de la noche

La caravana que iba a dirigirse al norte se estaba organizando en el parque central de San Pedro Sula. Poco a poco se conglomeraban centenares de ansias, albergadas en los desempleados carpinteros, albañiles, sirvientes, taxistas y un sinfín de aventureros y maleantes.

La noticia de la inminente caravana llegó hasta Tela y sus suburbios. En el arrabal de La Charca residía Chabela Chicas Ibáñez y su hija Rosa Elvira Chicas Ibáñez, "La Murci" o "La Murciélaga", de diez años de edad, regordeta, chapuda y de pelo murucho, difícil de trenzar y siempre alborotado. Era de risa fácil y felina agilidad, fuerte y siempre alegre, era la preferida a elegir en los juegos de la chuspa o el ladrón librado. Su apodo le venía por su debilidad hacia los capulines, fruta preferida de los murciélagos.

Siempre se le veía con un guacal de morro repleto de las redondas, rojas y dulces frutas. Se encaramaba a cualquiera de esos árboles para arrancar el mayor número de capulines y acallar así su paladar. Los cipotes de la escuela, compañeros de ella, asumían el papel de amigos con tal de compartir un poco de los manjares del guacal.

Su padre, el Chepe Ibáñez, "Tasajo", era un mulato irresponsable que la abandonó cuando ella tenía apenas seis meses de nacida. Se dedicaba a los negocios del hampa y se le miraba vagabundear por los infectos hoteluchos de Tela, con paso rápido, enfrente de los incautos huéspedes de tales pocilgas y ofrecerles, con la voz disimulada, su valiosa mercancía:

—¿Cocaína? ¿Mariguana? ¿Cocaína? ¿Mariguana? —y alejarse presuroso si percibía que su oferta no era bien recibida.

Conocía el peligro y la tristeza de la cárcel, pues parte de su miserable vida había transcurrido en los calabozos de Tela y de San Pedro Sula.

Chabela, por su parte, era incansable en su trabajo de recamarera en uno de los hoteles más inmundos de Tela. Su tío Rufino Chicas, dueño del hotelucho, le dio el trabajo para que pudiese sostenerse y sobrevivir con su pequeña hija cuando Tasajo las abandonó, hacía ya casi diez años.

El hotelucho tenía acceso al mar, a una playa tan sucia e intransitable, por la cantidad de basura e inmundicia, que la anegaba y la hacía guarida de zopilotes y alimañas, con un eterno hedor a carroña descompuesta. El hotelucho del señor Rufino era más bien el cuchitril de maleantes, borrachos y prostitutas y eso lo hacía increíblemente sucio, con baños que jamás se habían favorecido con una mediana limpieza. Las sábanas y almohadas eran todas de distintos colores, con grandes manchas pardas y amarillas por los sudores, producto del calor de la playa y la lejía diluida que, de vez en cuando, se usaba para limpiarlas. La pobreza del hotelucho era evidente en las harapientas sábanas con sus desteñidos estampados del Pato Donald, Superman, Porky y los amigos de Bugs Bunny.

Chabela era la penitente de tal estado de cosas, pues Rufino no era capaz de invertir lo más mínimo para desterrar la mugre, que parecería formar ya parte sustentadora de los cimientos y paredes del hotelucho. Chabela, con su salario mínimo, restregaba la suciedad lo mejor que podía y hacía la caminata de regreso a su casa, con la espalda dolorida y el cansancio infinito.

La decisión de unirse a la caravana la tomó de repente, una noche cuando regresaba a su casa al divisar a un hombre revisando las ventanas y la puerta con la intención de encontrar alguna falla y entrar en la casa, donde Rosa Elvira estaba siempre sola y haciendo sus tareas de la escuela. Chabela pegó un enorme grito para asustar al intruso y alertar a los vecinos y consiguió ahuyentar al hampón, que huyó y se perdió en las breñas y matorrales cercanos. Esa noche, después de haber abatido su terror y percatarse de su soledad y su miseria, se sentó en la cama de su hija y le declaró:

—Tenemos que irnos de aquí.

Chabela había ahorrado unos cinco mil dólares después de diez años de trabajo esclavizante y forzada penuria para apaciguar el hambre intolerable. Empezó a preparar el viaje que, en su mente, la haría llegar al lugar donde reina la esperanza, el respeto a la vida, el honor que da el trabajo y la recompensa que da el éxito cuando se alcanza con honradez. Empezó a acumular pequeños jabones usados, los que quedaban al salir los huéspedes del hotelucho. Rufino se negó a prestarle dinero y a recompensarla por los años que había trabajado para él, sin tampoco haber tenido jamás un aumento de su sueldo en la totalidad de los diez años que dedicó a su oficio.

Chabela compró dos mochilas usadas y una bolsa de manta; La Murci tenía una matata de pitas de colores que había comprado en una de las ferias de Tela. Los preparativos para la salida duraron varios días y siempre acechaba el temor de olvidar algo importante. Eligieron mudadas de ropa que pudiera servirles en días de frío o de calor. Las mochilas no podían llevar cosas pesadas, pues preveían que iban a caminar por muchas horas al día. La matata llevaría carne seca y ahumada, queso duro y varias chengas, además de los consabidos capulines y una botella de plástico para el agua de beber.

La partida se fijó para un día de agosto, calculando llegar a la frontera norte a mediados de septiembre y así evitar el calor del desierto del sur de Texas, en donde muchos emigrantes habían fallecido. Chabela tenía una prima en una ciudad de Carolina del Norte que trabajaba en una fábrica de muebles de la ciudad. Dicha ciudad tuvo sus años de apogeo y prestigio en la construcción de muebles y contaba con más de diez fábricas dedicadas a tal industria. Poco a poco, la mayoría de ellas fue cerrando en la ciudad y abriendo sus fábricas en un país del oriente, atraídas por los bajos salarios y facilidades de transporte del producto que dicho país ofrecía, además de gozar de la garantía de no pagar impuestos y de bajas tarifas de importación al entrar sus muebles en Estados Unidos. La codicia no tiene precio y eso produjo, en la ciudad donde vivía la prima de Chabela, un insoportable desempleo y fuga de su población. Las pocas fábricas que quedaron hacían lo posible para mantener a sus empleados y no quedar en bancarrota.

Chabela soñaba con trabajar en una de esas fábricas. Se imaginaba aprendiendo tapicería, siendo felicitada por los dueños por ser la mejor tapicera de la fábrica. Eso le traía una sonrisa cómplice a sus tristes días. "Chabela no le huye al trabajo", "Chabela va a prosperar y educar a su hija como Dios manda", se decía a sí misma, y ese pensamiento tenía la virtud de darle los ánimos para soportar el ultraje de la vida. "Ya falta poco", se repetía una y otra vez. "Ya falta poco", estallaba el eco de su alma.

La Murci se despidió de sus amigos y de su maestra, doña Marina Cienfuegos, alta, delgada, altiva, como todo el que sabe su valor; bella en sus años de juventud, blanca y un poco achinadita de ojos; había sido el primor de los muchachos de primaria. Vestía siempre de azul y los muchachos, en sus dibujos, la representaban vestida de azul y con el letrero, <Niña Marina>, a los pies de los dibujos. Querida por todos, paciente con los tontos, estricta con los malcriados, implacable con sus coscorrones para los que abusaban de los niños más pequeños o débiles que ellos. Rehusó el cargo de directora de la escuela para así quedarse con la pasión de su vida: enseñar a sus alumnos el amor a la ciencia, al civismo en su querido terruño y a meterles en la coca, a fuerza de decírselos mil veces: "El que sabe más, puede más". La Murci la abrazó con ternura y con lágrimas que doña Marina devolvió a la pequeña que ya no volvería a ver jamás.

La caravana con sus dos mil almas empezó la caminata hacia el sur para entrar a Guatemala por la frontera de Copán una tarde de invierno con su llovizna impertinente y sus pringas molestas que refrescaban el ambiente e incitaban la premura de los pasos. Había que comer el conqué durante los breves descansos obligados, al final de una cuesta o colina que el gentío subía, ya cantando o soportando los llantos de los niños pequeños que acompañaban a sus padres. Las chengas, envueltas en papel de aluminio, como el resto de sus provisiones, iban partidas por la mitad: mitad para La Murci, mitad para Chabela. El queso y la carne tenía que durarles el mayor número de días posible, pues iban a enfrentar parajes y gentes desconocidos, aunque la multitud ofrecía cierta seguridad y la oportunidad de hacer alguna amistad y prometerse ayuda mutua en dificultades que pudiesen ocurrir en el camino.

La noche antes de llegar a Copán se esfumó sin sobre-saltos. El día amaneció fresco y luminoso. El optimismo, la esperanza y las ansias de llegar levantaron temprano a la multitud, acampada en los alrededores de una aldea cercana a Copán. Los adelantados ya estaban llegando a los puestos de guardia de la frontera con Guatemala y esperaban la llegada de los empleados de las dos fronteras para empezar las tramitaciones y continuar la marcha. Al término del mediodía ya habían pasado a Guatemala los rezagados de la caravana, incluyendo a Chabela y su hija. Habían buses y pick-ups destartalados ofreciendo transporte por un precio módico hasta Jalapa-Sanarate que Chabela y su hija pagaron.

Se subieron en la cama de un viejo pick-up junto a vein-tiséis tributarios más que, apiñados o ensardinados, harían el recorrido al interior del país. El pick-up estaba acondi-cionado con una barda metálica, soldada en su cama, para acomodar al mayor número posible de pasajeros. Iban todos parados y Chabela, a empujones y con permisos se ocupó de llegar a una esquina de la barda, con la espalda contra la cabina del vehículo, y asegurarse de proteger así a su pequeña hija, a la cual atrajo hacia sí y amparó con sus manos sobre los hombros. Esta incomodidad les ahorró unos cien kilómetros de arduo caminar.

Ya en Sanarate, había unos cuántos cientos de personas esperando al resto de la caravana o haciendo arreglos con transportistas para conducirlos a la frontera con México. Chabela y La Murci hicieron ese recorrido de cinco horas en bus, con una escala en la capital, y ahí cambiar de bus hasta llegar a La Mesilla. Comieron su ración en el bus y en una parada en Nahualá compraron un pollo asado y tortillas calientes para la cena. Llegaron a La Mesilla a la medianoche, cansadas, ateridas por el fresco de la noche y obligadas a refugiarse en un portal de alguna de las muchas tiendas que hacen negocio en la frontera con México. Las mochilas fueron sus almohadas y usaron sus chaquetas o chumpas para protegerse del frío de la noche.

La noche estuvo llena de presagios. Ya empezaban a correr, por los grupos amontonados en las esquinas, las noticias de los coyotes mexicanos y sus exigencias para que los emigrantes pudieran transitar por México. Se aseguraba que exigían cuotas exorbitantes de dinero o el compromiso de transportar drogas hasta Texas, por la seguridad de pasar la frontera por Eagle Pass, sin tener que cruzar el Río Grande. La angustia empezó a apoderarse de muchos de ellos, angustia que produjo vigilia e imposibilidad para mantener un sueño reparador.

Se adivinaba la colusión entre los coyotes y los empleados de las dos fronteras: los unos para dejar salir a los emigrantes, y los otros para dejarlos entrar a México. Se empezaron a formar grupos afines a cosas concretas: si eran del mismo pueblo, misma región o país, etcétera. Se pactaron compromisos de no separarse hasta llegar a Texas, de aprenderse señales para pedir auxilio en momentos de peligro y otras cosas útiles, ya que a la caravana que se originó en San Pedro Sula se habían unido otros centenares de emigrantes de otros países del sur, y se esperaba que también nacionales mexicanos se les unieran en el camino.

La mañana despuntó en La Mesilla. El fecundo trópico, con las lluvias de agosto, bañado por el sol, hacía alarde de colores y perfumes entrañables, vivificante para el alma pero entristecedor para los que iban a abandonarlo. El paso por la frontera con México fue lento y sudoroso, pues el calor empezó a apretar a las diez de la mañana.

A mediodía les tocó el turno a Chabela y a su hija. Presentaron sus respectivos papeles en la ventanilla de migración y luego pasaron por un pasillo con paredes llenas de mapas y letreros, señalando las maravillas del país. México, uno de los países más bellos de la tierra, alberga en su seno hombres despiadados, criminales incapaces de responder al llamado de la vida de sus víctimas; incongruentes en los acertijos de la razón; insaciables en su perseguir la efímera pasión de poseer más dinero que el vecino y llegar a esa su meta sin detenerse por cosas pequeñas como la ley y la paz de los pueblos. Toda interferencia a sus planes se paga con la muerte del contrario: sus sicarios se ufanan en describir la forma preferida de acabar con sus víctimas. "Un tiro en la cabeza, no le fallo", ha dicho uno de ellos.

Al final del pasillo se abría un pequeño patio con mínimas comodidades como una pila para refrescarse y unas letrinas malolientes que a Chabela le hicieron recordar los baños nauseabundos del hotelucho de Tela en donde ella trabajó por tantos años. Varios emigrantes estaban en conversación con mexicanos que, por su aspecto y modales, se percibía que eran coyotes y estaban ahí para hacer su negocio. Uno de ellos se dirigió a Chabela y después de algunas preguntas le propuso la opción de viajar hasta la frontera con Texas, en tren o en autobús, por dos mil dólares, o, por tres mil dólares, llevarlas hasta Eagle Pass, ya en Texas. Chabela y otras amistades hechas en el camino habían pactado viajar juntas, por lo cual Chabela no tomó decisión alguna y permaneció en el patio a esperar a que sus amigas pasasen la frontera para tomar una decisión común y mantenerse unidas.

A las tres de la tarde ya todas estaban en el patio. Decidieron abordar pick-ups que las llevasen hasta Tonalá y así evitar las montañas de San Cristóbal de las Casas. Pagaron cien dólares cada una y las veinte mujeres que formaban el grupo emprendieron el viaje al interior del país, diez en cada pick-up. Cierta rivalidad entre los transportistas no permitía a los de Tonalá llevar pasajeros a Arriaga y la multa para los piratas era excesiva. Los migrantes descendían en Tonalá y caminaban los treinta kilómetros hasta Arriaga o continuaban, por ciento treinta y cinco kilómetros más, para llegar a Juchitán, donde se divide el camino hacia Veracruz, y de ahí seguir hasta Texas o dirigirse por el Pacífico y el centro de México, buscando la ruta hacia Arizona o Mexicali. Las veinte mujeres iban buscando los estados del este, en donde, como Chabela, tenían familiares o amigos que les ofrecían su hospitalidad.

Llegaron a Tonalá a medianoche. Chabela y su hija todavía tenían sobras del pollo que compraron el día anterior y, al amparo de la estación del tren, se ocuparon en comer algo y descansar lo más posible para la caminata que les esperaba el día siguiente.

La llegada del tren las despertó a las cinco de la mañana. Habían decidido no abordar el tren llamado "La Bestia" por los conocidos peligros que ofrecía, era mejor caminar o esperar que alguien bondadoso les diera un aventón hasta la siguiente ciudad o pueblo que exponerse a la brutalidad de desconocidos. El día amenazaba lluvia. Los chubascos del trópico son envidiables por su bravura y su necedad de quedarse en un lugar por varios días desbordando ríos, inundando pueblos, destruyendo sembradíos y aumentando la pobreza interminable de Centroamérica. Así y todo, era necesario avanzar como fuese.

Las veinte mujeres, en una caravana de unos setecientos migrantes, empezaron el recorrido por la carretera a Juchitán. Varias parroquias habían organizado comités de ayuda y emplazado toldos para proveer agua y algo de alimento a los migrantes cuando pasasen por sus pueblos. Algunos migrantes, en vez de agradecer la muestra de hospitalidad por esos nobles mexicanos, se quejaban de que las raciones de pan con frijoles y huevo con salsa eran muy pequeñas para ellos, que estaban acostumbrados a comer mejor. Esta burla recibió su merecido, pues un día cualquiera ya no habría toldos con personas nobles ofreciéndoles agua y pan; personas pobres, como los migrantes mismos, pero con la nobleza que obliga, la que se perpetúa en la cimiente de los pueblos que heredaron la grandeza desde sus principios y en su caminar.

La caravana llegó sin muchos contratiempos a Piedras Negras, sitio en donde iba a desarrollarse el espectáculo más infame que un ser humano pueda concebir y ocasionar en contra de otro ser humano.

Llegaron a Piedras Negras un viernes caluroso. Ojos de bestias de rapiña les seguían los pasos disimuladamente, y al tiempo que ellas se asentaban en un pequeño hotel, la información acerca de ellas ya había sido dada a los coyotes y a los jefes de zona del cartel. Dichos jefes de zona eran conocidos por su historia de crueldades y permanecían en las sombras, dirigiendo a sus secuaces y recibiendo el multimillonario beneficio que les procuraba el soborno, la distribución de drogas y, últimamente, la bonanza producida por la llegada de miles de migrantes que deambulaban por las calles de la ciudad y se aglomeraban en los puentes de la frontera, ansiando la oportunidad de poder entrar a Texas.

Los coyotes de Piedras Negras eran parte de una poderosa organización de narcotraficantes con puntos de distribución de droga en varias ciudades de México y Estados Unidos. Su influencia era tal que dicha distribución era la responsable de que trecientas personas muriesen diariamente por sobredosis en los Estados Unidos; y esto sin contar las muertes por violencia (armas de fuego casi siempre) atribuidas a la influencia de las drogas. El principal de los secuaces, Rafael Garza Gaytán, "El Beibi", era un criminal de facciones regulares, bien parecido en la opinión de las mujeres que frecuentaban su amistad y su dinero. Su compañero de armas, su tocayo Rafael Vaquerano, "El Gringo", era un cuarentón de ojos verdes, alto, fornido, que gustaba de usar sombrero y botas, como un tejano. Había sido maestro de escuela en un pequeño poblado del estado de Coahuila antes de iniciarse en el lucrativo oficio del tráfico de drogas. Los sicarios preferidos del cartel eran tres sanguinarios secuaces: Tomás Apodaca, "El Grillo", quien contaba una docena de muertos en su repertorio, era flaco y pequeñajo, con una profunda cicatriz en su mejilla izquierda, producto de riñas pasadas en alguna prisión de Coahuila; Juan Ramón Acuña, "El Mickey", de facciones afiladas y prominente maxilar, usaba un bigotillo de rala pelusa que le daba un aspecto de ratón; Joaquín Hernán Garza Garza, "El Charro", primo del Beibi, era un gigantón de 1.96 metros, delgado y fuerte, un gran bebedor y despiadado criminal. El cartel tenía conexiones en Eagle Pass, Texas: mexicanos que recibían el contrabando cuando cruzaba la frontera y se encargaban de que llegase a sus puntos de distribución en el interior del país. Ciertos agentes fronterizos, tejanos, eran los cooperativos del cartel y se hacían presentes o ausentes de acuerdo con las órdenes del cartel.

Michael Ray Villaseñor patrullaba los caminos solitarios de Texas, los que terminan en las riberas del Río Grande. Inteligente en su manera de manipular su relación con el cartel, era imposible descubrir hasta qué grado estaba inmiscuido en la gigantesca operación que el Cartel dirigía. ¿Cómo era posible que la droga, responsable de tantos muertos, y que estaba haciendo estragos en la vida de los jóvenes, pudiese alcanzar, desde Texas, los pequeños pueblos de Maine y de New Hampshire?, se preguntaban los interesados. Villaseñor era sólo uno de los cuantos que componían la formidable red de distribución de la lucrativa droga.

A las seis de la tarde llegaron los coyotes al hotel en donde estaban hospedadas las mujeres. Esperaban que alguna de ellas se hiciese presente para abordarla y hacerle la consabida proposición de pasarlas al otro lado para ser recibidas, ya en Texas, por un transporte "adecuado" que las llevaría al interior del país. No esperaron mucho tiempo, pues, después de unos minutos, tres de las mujeres salieron de su habitación para ir a comprar algo para cenar.

Los dos coyotes las saludaron con mucho respeto y eventualmente les dieron a conocer la propuesta a considerar: por tres mil dólares por persona se les garantizaba el pase por la frontera y el transporte al interior de los Estados Unidos. El precio les pareció demasiado alto y, después de un regateo, se llegó al acuerdo de pagarles dos mil dólares por cada adulto y mil dólares por la menor.

La salida sería a las once de la noche, pues las rondas de las patrullas en Texas son de ocho o de doce horas, pero dichas rondas siempre terminan o empiezan a las once de la noche. El plan era evitar pasar el puente que atraviesa el río entre Eagle Pass y Piedras Negras y viajar, por tierra, hasta un punto ya acordado en donde unas balsas, desde el lado mexicano, cruzarían el río y las llevarían hasta uno de los caminos que terminan en el río donde, ya en Texas, estaría un bus o un camión esperándolas para llevarlas al norte, hacia el interior del país. Las veinte mujeres se entusiasmaron con tal idea, reunieron el dinero y esperaron, nerviosas, la llegada de la noche.

A la hora acordada, en un callejón cercano al hotel, las esperaban dos microbuses de color blanco. Los tripulantes eran dos coyotes, uno por cada microbús, los cuales acomodaban a doce personas cada uno. Al llegar al lugar donde estaban los microbuses, se percataron que habían llegado dos personas más: dos mexicanas jóvenes, de unos veinticinco años de edad. Una de ellas tenía un pequeño anillo atravesándole el ala izquierda de la nariz y dos tatuajes extraños en el brazo izquierdo. Las muchachas se presentaron y avisaron que iban a unirse al grupo, pues también habían decidido salir de México a buscar fortuna en el norte. Una de ellas comentó que tenía familiares en Chicago y que planeaba ir a visitarlos. La otra joven era de pocas palabras y se limitó a decir que su destino era Nueva York.

Los ánimos se calmaron cuando empezó el viaje. Iban apretujadas, pues tuvieron que hacer espacio para cada una de las jóvenes mexicanas que se les habían unido. En el recorrido, saliendo de la ciudad, vieron, a su derecha, el puente que lleva el tráfico a Eagle Pass. Entraron a una carretera que indicaba era la número 2, hacia Ciudad

Acuña, a unos noventa kilómetros de Piedras Negras. Pasaron un puesto fronterizo sin ninguna dificultad y sin ninguna pregunta a los ocupantes de los dos microbuses, presumiéndose que había cierta coordinación entre los coyotes y los vigilantes del puesto. Unos kilómetros más adelante se leía el rótulo <San Carlos>, que indicaba una desviación a la izquierda para entrar a una angosta carretera de tierra y grava que conduce al vecino pueblo de San Carlos. Las mujeres se preguntaron por qué la desviación hacia la izquierda, cuando el río estaba a la derecha de la carretera número 2. Los tripulantes les explicaron que iban a recoger las dos balsas que necesitaban para cruzar el río.

Después de unos minutos, los microbuses abandonaron la carretera y entraron a un estrecho camino de tierra y grava de unos ocho metros de ancho y unos doscientos metros de largo, con un cercado de alambre de púas a ambos lados. El camino tenía una yerba rala creciendo en el medio y a ambos lados de la huella hecha por las llantas que iban y venían por el camino. Al final del camino, el cercado continuaba a su derecha y a su izquierda por una distancia difícil de apreciar por la oscuridad de la noche. Luego de terminar el camino se abría una ancha explanada de tierra y grava, y a unos cincuenta metros de ahí se levantaba un edificio rectangular, de lámina, de unos ochenta metros de frente y unos cincuenta de ancho. Para el espectador, el edificio mostraba dos alturas: la de nuestra izquierda, que constituía un tercio del edificio, era de unos seis metros de alto y tenía una doble puerta de entrada, la puerta principal era de madera y se abría hacia adentro del edificio; y la otra, que se abría hacia afuera del edificio, era de malla metálica, para poder abrir la puerta principal y cerrar la de malla metálica y así evitar la entrada de insectos al interior. A nuestra derecha, la altura del edificio, que constituía los restantes dos tercios de él, era de unos diez metros de alto, con ventanales en su parte superior para proveer ventilación. El edificio tenía, también en el frente, cuatro portones anchos y altos para facilitar la entrada y salida de pequeños camiones o tráileres.

A la entrada del edificio había tres hombres: El Gringo, El Mickey y El Grillo. Cierta aprehensión empezó a apoderarse de las mujeres. Los tripulantes trataron de calmarlas, explicando que la parada sería breve y que aprovechasen ese tiempo para usar las letrinas antes de que las balsas estuviesen aseguradas sobre los microbuses. Bajaron todas las mujeres. El Grillo hizo todo lo posible para ocultar su cicatriz.

Cuando entraron al edificio, a una especie de pequeña sala con varias sillas y unos sillones, se encontraron con dos hombres más, El Beibi y El Charro. Todas ellas se admiraron de la estatura del Charro, quien les contó algunas bromas para calmarlas. Se les ofreció agua y se les indicó dónde estaban las letrinas. Después de usar las letrinas, se sentaron en la sala a esperar la hora de partida.

Los cinco hombres estaban parados en la sala, unos cerca de la puerta principal y otros enfrente de una puerta lateral que se abría al espacio por donde entraban los camiones para cargar o descargar la mercancía del negocio del cartel.

En un momento uno de ellos se dirigió a las mujeres y les hizo la proposición de devolverles, a cada una, todo el dinero que habían pagado a los coyotes, más un bono de doscientos dólares, si aceptaban transportar a Texas ciertos productos. Los "productos" se cernían en dos cosas. Una cosa era un paquete de plástico transparente con forma de ladrillo de unas dos libras de peso, conteniendo un polvo blanco. Tales paquetes eran conocidos como bricks de cocaína en el jargón o caló del hampa. El otro "producto" era una bolsa plástica, también transparente, llena de redondas pastillas de diferentes colores que a La Murci le hicieron recordar los dulces de azúcar y menta que se compraban, envueltos en un rollo de papel transparente, en las ferias de Tela. Chabela se dio cuenta inmediata de lo que se trataba y dio sus razones para no aceptar la proposición, pues sabía que el trato de drogas siempre terminaba en la desgracia. Ejemplo claro era Tasajo, quien entraba y salía de las cárceles a causa de su necedad de continuar en tal negocio.

—No puedo exponer a mi hija a un desamparo si yo termino en una cárcel —les dijo—. Por favor, quédense con el dinero que he pagado a sus mensajeros por la oportunidad de pasar a Texas —les suplicó.

La otra mujer que también ofreció disculpas para no servir de mula para los narcos fue Luz Socorro Sánchez Smith, "Lucita", mulata, guapa y orgullosa de su figura. Trabajaba como dependienta en una tienda de zapatos de San Pedro Sula. Honrada y pulcra en su apariencia, soñaba con terminar sus estudios de enfermería, los cuales abandonó a causa de la pobreza y la necesidad de traer sustento a su familia, su madre y dos hermanos menores, que habitaban en un pequeño cuchitril en los tugurios de San Pedro Sula. Su madre era costurera y se defendía remendando las prendas que le traían a su puesto en el mercado de San Pedro. Lucita era cristiana, con una entereza y optimismo por la vida que eran cualidades pegajosas para los que la conocían.

Antes de partir, fue a su iglesia a despedirse de los feligreses y de sus compañeras del coro, quienes alegraban con sus cantos los servicios matutinos de cada domingo. La despidieron con lágrimas y besos y la encomendaron a Dios para que la protegiese en su camino.

Los narcos escucharon las excusas de Chabela y Lucita y se miraron entre sí.

—Está bien —dijo uno, y los otros les indicaron a las que habían accedido a transportar la droga que se pusieran una camiseta o playera de color blanco con la inscripción de cierta compañía, posesión de los narcos.

Esta playera las identificaba como personas con salvoconducto a los ojos de aquellos que ellas pudieran encontrar al entrar en Texas. Las diecisiete mujeres y las dos jóvenes mexicanas fueron escoltadas hacia afuera del edificio y se les indicó que abordaran los microbuses. Todas ellas habían hecho espacio en sus mochilas para acomodar los ladrillos de cocaína o las bolsas de pastillas. Al ir abordando los microbuses, las mujeres se percataron que las dos jóvenes mexicanas se habían separado del grupo y estaban en conversación con dos hombres que habían llegado en un carro sedán. Las jóvenes abordaron el coche, el cual partió hacia el camino cercado, hacia San Carlos, y se perdió en la noche. Esto les hizo saber a las mujeres que las jóvenes mexicanas eran, en realidad, miembros del cartel de narcotraficantes. Los microbuses siguieron por el mismo camino del coche, pero luego se desviaron para seguir en dirección al río y pasar a las diecisiete mujeres con su preciada carga de drogas en las mochilas al soñado territorio de Texas.

En la sala de la guarida de los narcos quedaban Chabela, La Murci y Lucita con los cinco directivos del cártel de Piedras Negras. Uno de ellos les indicó a las mujeres, quienes ya presentían el peligro en el que estaban, que cambiasen sus camisas por una playera de color amarillo que indicaba que ellas habían pagado para pasar a Texas pero que no transportaban drogas. Cualquier negativa por parte de ellas iba a ser recibida con violencia y El Charro se encargó de llevarlas a una pequeña habitación que servía de oficina y comedor. El Grillo siguió al grupo y se sentó en una de las sillas después de servirse una taza de café negro de una cafetera acomodada en una esquina del cuarto. El cuarto tenía una pequeña letrina que iba a servir para que las mujeres pudiesen cambiar sus camisas por las playeras amarillas.

Lucita entró primero al pequeño baño para cambiarse y al salir le dijeron que siguiera al Grillo, quién iba a llevarlas hasta el río e indicarles por dónde iban a cruzar. Salieron los dos por la puerta lateral que daba a los garajes, donde estaban esperándolos El Gringo y El Beibi. Sin explicación alguna la empujaron hacia el centro del enorme espacio, lo que impregnó de terror a Lucita, que presintió la ignominia de la cual iba a ser víctima. La sentaron en una silla y procedieron a amarrarla para evitar un posible escape y sus protestas terminaron cuando el cloroformo hizo su trabajo e indujo la piadosa inconsciencia, que le evitó a Lucita sufrir la violencia a la que iba a ser sometida por las cinco bestias. La llevaron a una colchoneta, que El Grillo había colocado en el suelo, al lado de una mesa de trabajo, encima de la cual podían verse tijeras, herramientas y rollos de cintas para empacar, usadas por los narcos para enviar sus mercancías a los predestinados puntos de distribución. La desnudaron y las cinco hienas la violaron hasta que ella empezó a recuperar los sentidos al ir disminuyendo los efectos del cloroformo. La vistieron y le ofrecieron un refresco que ella rehusó. Lucita se dio cuenta de lo que había ocurrido, pero guardó silencio y se tragó las lágrimas de impotencia y vergüenza. La ayudaron a caminar y la condujeron, temblorosa, vencida y sollozando por su desventura, a la sala, en donde ella se sentó en uno de los sillones y, con las manos cubriéndole la cara, agachó la cabeza sobre sus rodillas y derramó las últimas lágrimas de desamparo que aún persistían en salir. Guardó silencio y esperó lo que la suerte pudiese decidir para ella.

En la pequeña oficina estaban aún Chabela y La Murci tratando de adivinar lo que pudiera haber ocurrido con

Lucita. Estuvieron en silencio por cerca de una hora, esperando su suerte, pues los narcos habían cerrado con llave la puerta del pequeño cuarto. En cierto momento se presentó El Mickey y le ordenó a Chabela que entrase al pequeño baño y que se pusiese la camiseta amarilla. Ella rehusó hacerlo sola, sin la compañía de su hija. El Mickey la empujó hacia adentro del baño, la encerró en él, levantó en vilo a La Murci y la llevó en dirección de la colchoneta. Los cuatro secuaces restantes la vieron patalear y tratar de morder al Mickey, lo que les pareció motivo de diversión y celebraron con una risa sardónica. Los pataleos de La Murci hicieron revelar su intimidad cubierta por una pantaleta de color rosado de manta barata, como la mayoría de las pantaletas de manta barata de los pobres.

Sus gritos de terror despertaron los gritos de su madre, pidiendo piedad y misericordia a los cinco desalmados que iban a cebarse en su querida Murci. Fue tanto el dolor en el profundo ser de Chabela, que un desmayo protector la aisló de la muerte. Al volver en sí, un silencio macabro envolvía al edificio y la noche trajo a su pobre alma los más funestos presagios. Alguien, quizás El Grillo, abrió la puerta del baño y notó un gran moretón en la frente de Chabela, producto del golpe recibido contra la taza del inodoro al momento del desmayo.

Chabela se sentía débil y mareada. Ansiosa y con la esperanza rota, preguntó por su hija. El secuaz le aseguró que Murci estaba bien, pero que fue necesario llevarla a un hospital en Ciudad Acuña porque se había caído cuando corría hacia la puerta de salida y había sostenido golpes que requerían atención médica. Se le aseguró que iban a llevar La Murci hasta el lugar en donde Chabela se encontrase, cualquiera que fuese ese lugar, al momento que los médicos le diesen de alta del hospital. Chabela insistió en ir a Ciudad Acuña para estar con su hija, pero el secuaz la corrigió, diciéndole que ellos tenían la obligación de pasarla a Texas, junto con Lucita, y que no podía ser de otra manera.

A las cuatro de la mañana los secuaces sacaron del edificio a Chabela y Lucita y les indicaron que abordaran un coche sedán ahí estacionado. Los secuaces, al percibir temor y resistencia por parte de las mujeres, las empujaron para que entrasen en el coche y les dijeron que iban a conducirlas hasta un recodo del río en donde, atravesando su anchura, estaría una soga que servía de guía y soporte para los que cruzaban y alcanzaban el lado de Texas.

Los narcos les habían perdonado la vida gracias a la intercesión del Gringo, quien fue el único que no abusó de la pequeña Murci. El Gringo dio la excusa de tener que usar la letrina para no presenciar la inminente ignominia en contra de una niña indefensa, quizás porque él había sido maestro de una escuela primaria en uno de los muchos pueblos aislados y pobres de Coahuila. Esto fue lo que le hizo encontrar, en el último rincón de su alma putrefacta, el ínfimo resquicio de bondad que le quedaba.

En el viaje hacia el río, Chabela y Lucita estrecharon sus manos y juntaron sus lágrimas de tristeza indescriptible en un abrazo sincero y prolongado; abrazo que representaba el eterno y constante dolor de los pobres de este mundo, pisoteados por los déspotas que siempre buscan arrebatar un palmo de tierra, un poco de su haber, un tanto de sus vidas y, al final, destruirles la esperanza, que es el único y último tesoro de los pobres. Se bajaron del vehículo aún abrazadas y sollozando, descendieron el borde hacia el río, buscando la soga que iba a protegerlas de la corriente y guiarlas "al otro lado", a las suaves arenas de Texas.

Cruzaron el río junto a otros migrantes, muchos de ellos vistiendo la camiseta o playera blanca y otros vistiendo la de color amarillo. A Chabela y Lucita los narcos les habían arrebatado las mochilas y el poco de dinero que aún tenían consigo. Las dejaron vestir un pantalón, una gorra para protegerse del sol, y la consabida playera o camiseta amarilla: hasta ahí podía verse la crueldad de los narcos siempre buscando la inmediata satisfacción de sus bestiales instintos, siempre gozando del placer del sardonismo que da la impunidad, la que se compra y se obtiene, ya por amenazas o sobornos, ya por temor del que la otorga. Al terminar de cruzarlo, los migrantes subieron por el borde del río, que en ese punto es de unos dos metros de alto, hasta la solitaria calle donde antes aguardaban los vehículos, los que utilizaron las mujeres cuando aceptaron transportar las drogas del cártel.

Chabela y Lucita, ahora solas, amargadas y despedazadas en su espíritu, emprendieron la caminata hacia San Antonio de Texas, siempre alertas para esconderse en lo silvestre del camino si percibían la llegada de una patrulla fronteriza. Los días subsiguientes fueron penosos para las dos. Algunos migrantes les donaron unas prendas de ropa y otros les dieron un poco de dinero. Se ampararon por dos o tres días en una iglesia de San Antonio, viviendo en el sótano de la iglesia junto a otros migrantes, recuperando sus fuerzas y esperanzas.

Chabela pudo al fin llegar a Carolina del Norte y albergarse en casa de su prima, quien la ayudó a conseguir trabajo en la misma fábrica de muebles que ella. Chabela prosperó en su trabajo gracias a su tenacidad y llegó a ser supervisora de una sección de la fábrica. Chabela transcurrió el resto de su vida pendiente siempre de alguna noticia que pudiese indicarle el paradero de su hijita Murci.

Lucita también pudo alcanzar su destino en una pequeña ciudad del Estado de Virginia en donde vivía un familiar de su mamá. Su fe la ayudó a superar la ignominia que había padecido bajo la brutalidad de los narcos. Se unió a la comunidad del pueblo, la cual la recibió con los brazos abiertos y la amparó, consiguiéndole un trabajo en una tienda de zapatos, lo cual le permitió terminar sus estudios de enfermería y eventualmente trabajar como enfermera en el hospital de la ciudad, como había sido su sueño. Su vida transcurrió prodigando bondad, pues se especializó en el cuidado y tratamiento de pacientes que sufrían de cáncer.

El Árbol de las Violaciones

Pasaron varios días desde del trágico suceso de La Murci cuando una patrulla fronteriza de Texas encontró, en un recodo de un camino y colgando de las ramas de un mezquite, los andrajos de una pantaleta de niña, de color rosado, de manta barata, que lucía los vestigios de una tortura cruel: la pantaleta tenía gotas resecas de sangre y manchas de saliva mezcladas con café negro. Esa era la representación de una arrogancia e impunidad inaudita que restregaba en la conciencia de las gentes que, para los narcos, la vida de una niña inocente y las lágrimas y gritos de angustia de una madre son sólo motivos de desprecio, pues esas lágrimas son incapaces de mover a piedad la impunidad inverosímil de las babas del tirano.

Los migrantes, como todos los migrantes del mundo, venían de países regidos por gobernantes corruptos, ladrones y egoístas, que empujaban a sus ciudadanos a abandonar su terruño y buscar, en otras latitudes, sus pequeños sueños de dignidad, dignidad que siempre está a la vuelta de la bondad hacia los demás y la persistencia en el trabajo honrado, lo que levanta la frente de los pobres cuando caminan entre los príncipes de la tierra.

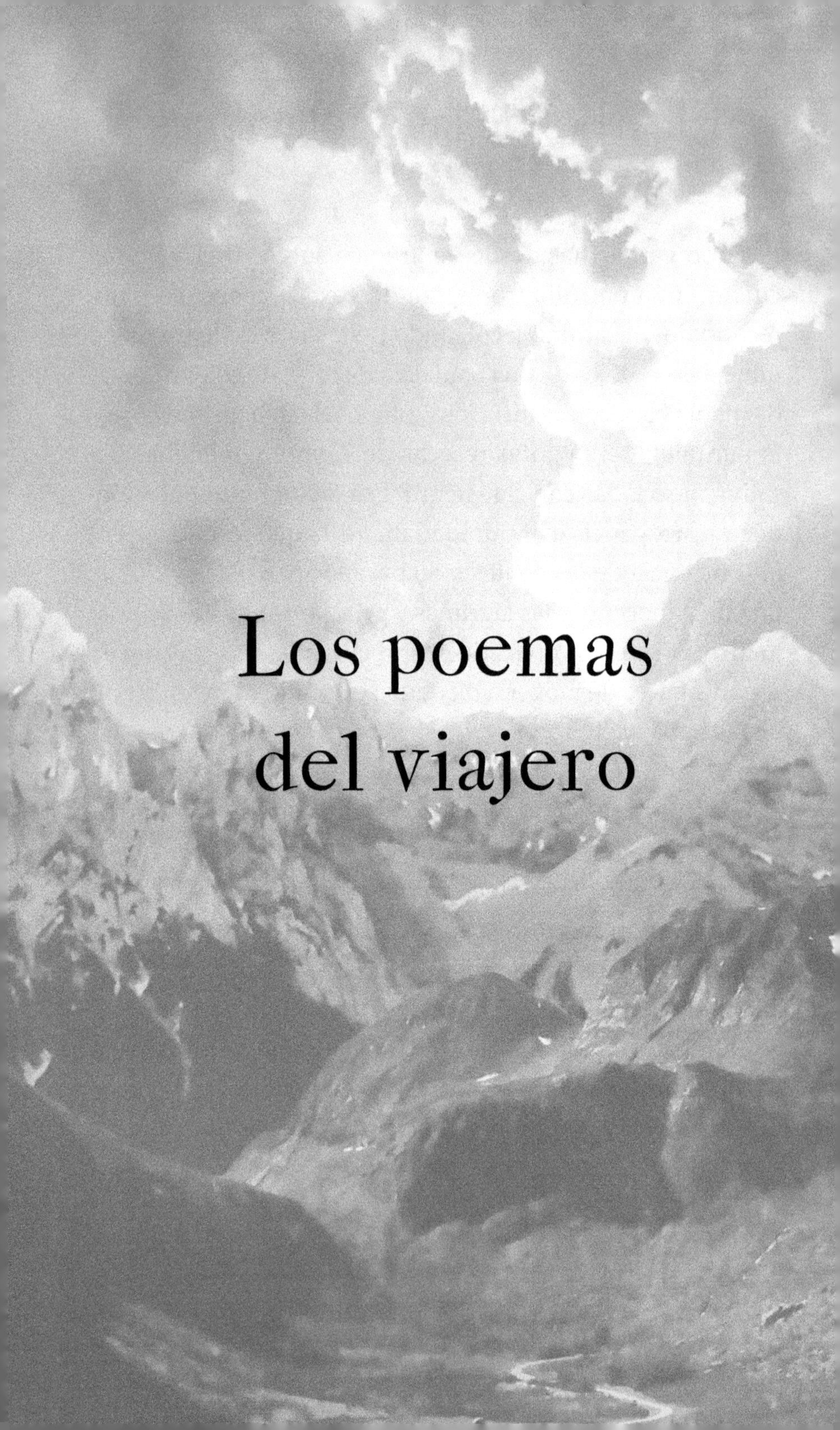

Los poemas del viajero

Poemas del viajero

El viajero

Para aquellos que no pudieron ser
o llegar en mi vieja y querida Patria.

Que yo no tengo nada,
solamente una alforja
que ni aceitunas lleva,
vieja y vacía y rota,
para poder llenarla
sólo de sueños
o quizás sentimientos
que a pocos le interesan,
que a ninguno le importan,
solamente al viajero
al que yo no conozco,
al extraño poeta
que lleva en su cerebro
la palabra fecunda,
la que rompe lo incierto
y a la que no hace falta
ningún conocimiento.

Ese extraño viajero
no ha nacido en mis días;
aún está su puesto
en las eras del viento
o quizás ya camina
con su rostro cubierto
para que nadie sepa
lo que guarda en silencio,
lo que no merecemos,
lo que nuestra soberbia
no ha alcanzado a tenerlo.
No ha sido mi fortuna
el poder conocerlo
ni oír de su ropaje
que rompe lo incierto,
que llene la alforja
donde apenas me caben
un puñado de sueños.

(Escrito una noche, en 1987)

Azul

Azul,
azul y engravado
en los giros del aire
y de la esfera,
el reflejo del agua,
la chispa generosa
que originó la vida.
Azul y estampado
es el color innato
en la voz de los sabios,
la leyenda del héroe,
la nobleza del árbol,
la risa de los niños
y el pituí de los pájaros del monte.
Azul en la vertiente
que acumula las notas
donde nacen los himnos
del hombre y su nobleza;
la mano que acaricia
a los enfermos,
la bondad al vencido,
las gracias que enternece a la Bondad Suprema;

el vuelo de las aves,
la risa de los niños
y el pituí de los pájaros del monte.
Azul es la esperanza,
la puerta de salida
del remolino eterno
donde giran los muertos.
Azul es el color
del más alto rincón
de aquel noble rumor:
el pensamiento.
Azul en la alborada de los sueños,
el mecer de las hojas en el viento,
la belleza del árbol,
el canto de los niños
y el pituí de los pájaros del monte.

Zontzil[1]

El viento acariciante,
el que ampara el azul de las palabras,
la música del árbol y los números;
Zontzil entre las nubes
y la cima de los montes
donde nace el poema de la historia,
el caminar del hombre,
la entraña de mi raza,
el color de los pájaros
y el ir y el venir del pensamiento:
Zontzil de la esperanza
y de la búsqueda.

---

[1] Aliento creador de los Lenka

Lejos

Para el Doctor Alejandro Pozuelo Azuela, amigo
y compañero en la Escuela de Medicina de la UNAM,
al saber de su fallecimiento en su querido país, Costa Rica.

Se queda en su lugar
el pino,
en mil círculos ulula
el viento,
acorta su llegar
el tiempo,
viene y va la marea
y nota
que al irse para siempre
deja
una esperanza rota,
una roca sin mojar.

Tu música

Tu música
es una sensación de distancia sin término;
hay demasiada gente en mi soledad
/ si no escucho tu música.
Tu música
es una sensación de distancia sin término,
es una sensación de eternidad sin principio,
sin final y sin límites.
Tu música en tu risa y en tu voz y en tu llanto.
¡Hay demasiada gente en mi soledad
/ si no escucho tu música!
Mi soledad y tu música
estuvieron cercanas en las noches sin luna;
caminaron cercanas en las noches con luna;
se miraron cercanas en el espejo del tiempo
/ durante tantas noches…
Mi sueño y tu música…
Despertaba mi sueño para mirarte acaso;
tu música salía de todas las estrellas,
tu música salía de todos los silencios:
mi sueño te miraba,
te tocaba mi sueño.

Siempre estuviste lejos,
siempre estuviste lejos y ahora más que nunca
los ojos de mi sueño no llegan a mirarte,
los dedos de mi sueño no llegan a tocarte.
¡Los ojos de mi sueño!
¡Los dedos de mi sueño!
¡Hay demasiada gente en mi soledad
/ cuando no oigo tu música!

Atardecer

Hacia el atardecer lo que es eterno...
Espejo que recogió la risa de tus años,
timidez de lo incierto que vino a florecer
en un día tan próximo a la vida,
tan lejos de la muerte
que el camino del cielo se allegara
al instante sagrado que te ha visto nacer.
Pequeño ruiseñor,
pequeño arroyo de ilusiones
que recoges cosechas de plegarias,
de maternas caricias,
de juegos y ternuras.
Hacia el atardecer lo que es eterno:
que tú persistirás, sea cual sea
la carga que el destino produjese,
la sombra que desgarra la esperanza,
la niebla que se eleva en acechanza
de la luz,
de lo alto,
de lo bello.

Solemnidad, poema de la soledad

Solemne
como la inspiración que pasa en la distancia,
alargada la mano a encontrarla,
a quererla encerrar,
a que se quede,
y llenarla
de lo que he de decir cuando la tenga.
Solemne y seca,
no ha de ser conocida por la encina
del habitual y avejentado monte
ni el poroso obituario que me escolta,
que me acecha
al acercarme ahí
donde he herido la encina,
donde aprendí a soñar,
donde el tumulto de ilusiones se allegara
a una sola razón.
Y, sin querer,
quebradizo destierro de mí mismo,
de lo que tanto quise,
a esta lluvia perenne
desencanto infinito.

Me acercaré contigo,
solemne y seca,
hacedora de sueños o del miedo
intranquilo, harapiento de tu vida,
réquiem de tu morada,
allanadora del vértigo oportuno
y sin querer
me alejaré contigo
y he de dejarla ahí,
abatida en silencio.
Poesía de la soledad,
obtuso firmamento de la esquina del tiempo
al pie de tu morada,
contemplando la encina con una nueva piel,
solemne y seca
y sin querer.

Solitario...

Solitario,
en el íntimo instante
de verte tan lejana,
de sentirte lejana,
guardado lo posible de tocarte
por la enorme distancia
aguardo aquí,
temeroso de verte aparecer
con una nueva piel,
con una nueva voz,
aún tuyas
pero extrañas al tacto
y a mi oído
y aún tuyas...

Mi pueblo

Tierra donde el olvido
se oculta para siempre
en la vieja simiente
o en la nueva hojarasca;
donde el trino del ave
pronuncia su esperanza
en la antigua montaña
que se atreve a imitarla.
Del coloquio del hombre
con la tierra infinita
hizo crecer el sueño
y usar de vestidura:
sólo de ahí pudiese
la fecunda tristeza
que rebalsa compuertas,
donde acecha el silencio,
haber nacido,
en lagunas de historia,
en ríos que llenaron
la sangre de sus hijos.

¡Cuántos muertos requiso
el tributo del hampa,
la baba del sicario,
la risa del verdugo!
La palma masillada,
la puerta acribillada,
el parque suculento
con pedazos de hermanos.
Ya no más, dijo el ángel
que flota en sus pedriscos,
en sus calles quebradas,
en sus casas cerradas
donde es señor el miedo.
Ya no más, dijo el niño
que creció en el tumulto
que hizo trizas la vida,
que paró el porvenir con diestro machetazo.
¡Ah, mi pueblo, mi pueblo..!
Yo te he visto morir,
yo te he visto morir.

(Escrito durante la Guerra Civil de El Salvador 1980 a 1992)

El canto de los Lenka

I
Señor del Lamatepec,
mi fortuna perdí ahí,
y al filo del Huaycarí
del verde Chinchontepec,
vuelvo espaldas para ver
jungla que es mi señorío,
jungla que me vio perder
todo aquello que fue mío.
Sobre el templo de Tepotztli
sangre enemiga corrí,
mas la mía se perdió
en las lajas del Tenochtli,
como un halo que se hundió
en lo espeso del mají
y ya nunca regresó.

CORO
Señorío de Guazapa,
Señorío del Petén,
hace más daño que bien
el viejo zumo que amaña
al Lenka de la montaña
de Chinameca y Jucuapa.

II

No soy del todo sincero
y a mi lado traigo un corvo;
los siglos me hacen estorbo
pues voy buscando un lucero
que al estoque de las suertes
me alumbre por las veredas
de lo eterno y los inciertos
y un zenzontle de su veda
al orgullo de los fuertes
y a los cantos de los muertos.
Fui leyenda del ayer
y la tribu más querida,
y en el fondo de mi ser,
o a la sombra del amago,
cargo el precio de la vida.
Del dolor que se agazapa
hago girones y estrago
o sendero en la maraña;
soy Lenka de la montaña
de Chinameca y Jucuapa

III

No soy más que un armazón
que hizo un Khali de los vientos,
y a la lumbre del fogón
me a esperar la vida siento
que la turbia terquedad
que me empecinó la suerte
empújame a la verdad

de encararme frente a frente
con lo que no fui ni soy.
Por este mundo yo voy
con nombre que no me asienta,
ni guerrero de magenta
ni culebra de este monte
ni piedra de los caminos:
de horizonte a horizonte
no hay astucia sin ladinos,
no hay historia sin hazaña,
y a lo largo de este mapa
soy Lenka de la montaña
de Chinameca y Jucuapa.

CORO
Cubrí de verdor la tierra,
de sueños la almaciguera,
de su riqueza la entraña
alcancé la vez primera;
cubrí en un siglo la etapa:
soy Lenka de la montaña
de Chinameca y Jucuapa.

IV
No me has vuelto a ver ahí
en la danza del guarumo,
en las piruetas del humo
que asemeja mi partir.
Ah, holgura del ayer,
ah, señor de lo infinito

que, en tu piedad, el volver
ha de llegar, hito en hito,
sin más fortuna ni fe
de lo que ahora me abarca
en esta tristeza parca:
el recuerdo de lo que fue
patrimonio de mi estirpe
y heredad de mi vejez.
Por este camino ves
mi único llanto que empaña
lo que fuese soledad,
y el fulgor que se destapa
al grito de mi verdad
o al filo del aguijón
del escorpión y su saña:
soy Lenka de la montaña
de Chinameca y Jucuapa.

CORO
Señorío de Guazapa,
Señorío del Petén,
hace más daño que bien
el viejo zumo que amaña
al Lenka de la montaña
de Chinameca y Jucuapa.

Barcelona llora, llora a sus muertos

Agosto 17, 2017, después de la embestida criminal
por un extranjero contra la Rambla de Barcelona,
que lo había recibido con cariño cuando llegó a España
como un pordiosero, como una piltrafa muriéndose de hambre.

Frío negro que atrapa
con su hielo la idea,
en lo oscuro, en lo incierto,
en lo que ya no tengo
que me vistió de luto
aún recuerdo.
Soledad que se hundió en lo infinito,
humareda del sueño,
escombro que imaginas
la palabra que nunca se dijo;
baratillo que el odio hizo dueño
a la vez que te dice en secreto:
regresa,
esperanza.

He de permanecer
a pesar de la luz desprendida de tus ojos
o el lienzo ablandecido por mi lágrima.
Me he de quedar aquí
llenando este vacío
para engañar al odio,
o al amor,

o al vicio,
y enterraré mis uñas en este viejo suelo,
y que sea mi escolta cuando pases,
y esperaré en silencio,
horadando la noche hasta que vuelvas.
Tu ausencia es verdadera,
es un dolor sin término
que carcome y lastima,
que conduce a la cima
donde sólo se alcanza
el punto de partida,
punto aquel donde acaba
toda osadía
y donde está el secreto
de esa niebla ciñera
que conduce al olvido.
Por haberte perdido
se me olvidó la vida
pero nunca tu ausencia,

pero jamás, jamás, el volver a mirarte:
el deseo que ciñe
todo amor que se pierde,
todo querer lejano
que se asoma al instante,
en la hora distante
cuando llegan recuerdos.

Y desde ahora tengo
que remendar los sueños
y rendirme a la ensaña
de no mirarte nunca,
y llevar mi esperanza
al punto de partida
donde empieza la niebla
que conduce al olvido.

A México

A México en su hora de prueba, después
de la hecatombe del 19 de septiembre de 2017.

Sólo tengo por campo,
por cimiento,
por guía de mis pasos,
la luz del universo.
Alegoría del sueño
me ilumina
y devoro tragedias
y encomiendo la vida
a su misterio.
Yo soy fiel a la vida
desde el tronco primario
que forma mi añoranza
hasta el último aliento
que arrastra la hojarasca.
Estoy desde el principio,
desde el primer latido de mi sangre
hasta el último grito de mis héroes,

aquellos que arrancaron
con sus uñas los peñascos
y abrieron una grieta en los escombros
y cargaron sus hombros
toneladas de tierra y esperanza,
enclavando su luz en la tiniebla
sopesando la vida,
derrotando la muerte.
Héroes silenciosos son mis hijos,
soy la patria inmortal de causa en ellos;
yo conozco sus nombres,
su espíritu inaudito,
su fuerza misteriosa
que interrumpe el llamado de la nada.
Para mí no hay cenizas,
no hay rescoldos
y estoy adelantada en mi presencia;
domino los presagios
y encamino mis pasos
a la verdad eterna que me abarca.
Yo soy el porvenir y soy la lucha
donde el morir se vence,
donde el morir se acaba.
Mexicanos son todos los que enseño
a derrotar tragedias,
a levantar paredes
que irrumpen mi horizonte.

Estoy detrás del hado
y le dicto su rumbo,
la insignia que me ocupa
por llevar mi ternura
a los que faltan,
a los que ya no tengo,
los que guardo en silencio
en la roca inmortal de mis cimientos.

Para que no te olvides

A México. A Barcelona.

Cuando ya nada quede,
la sombra de tu sombra,
el último sonido
de lo que fue tu voz,
la luz de tu mirada,
la interminable noche
que sepultó las fibras,
que ahuyentó a tu vida
el augur que se acerca
de un tiempo parecido
escarpado en el eco
donde nace el recuerdo,
el pertinaz deseo de quedarse en el tiempo
para siempre, para siempre…
ahí estaré, vencido
en el primer rincón
donde me busques,
donde sabes que tuve
el huracán de lágrimas
que anegaron mis ojos,

que anegaron mis ojos…
Hijos de mi soledad,

de aquel viejo temblor
que origina la entraña
donde está la ternura,
el aliento escapado
que busca en el silencio,
y en el último adiós del universo
la furia conquistada
del pesar infinito
de no verte jamás.
Ahí estaré, contigo,
en cada nombre escrito
en el tono del réquiem
que acompañó a tu historia
a aquel ancho horizonte
que terminó de un tajo:
tu caminar, truncado
por una mano extraña
que vino desde entonces,
donde nacen las sombras,
donde nacen las sombras…
Seguid mi caminar,
el aliento que encumbra
mi perdida esperanza,
la intranquila premura

que agazapo en mi sangre.
Al porvenir le atajo

para que aquí se quede
rebuscando en sus dedos
la señal que le oculta,
la timidez de ser,
la mejor parte tuya,
la que llevo en rescoldos,
en pedazos del alma
que sepulté contigo
para que no te olvides,
para que no te olvides...

Desde entonces

Que no interrumpa el paso
o el buscado secreto de la alquimia.
Que convierte tesoros
de pedriscos usados en las guerras,
en los cimeros odios de hermano contra hermano.
Que no interrumpa el paso
la vieja ansia ciñera que ha estrujado mis huesos
desde siempre y desde lejos:
la virtud de seguir
el soplo de mis vientos,
el hervor de mi sangre
o la encolada quietud de mis recuerdos.
Sólo de mí aprendí a renovar la vida,
a transformar la imagen
que miro en el espejo,
a enarbolarla en ristre y a mi estera,
la que adorna las borlas de mi jaca,
la de siempre, la de entonces,
la que conduzco a paso
o a trote galopado
al refugio final de mi destino,
el mío propio,
donde escaño a mis hijos,

los de entonces,
los que me ven con ojos aguiñados
para entender mejor el paso de mis años
y el fervor aguzado en mis fronteras
que desde ahí se espera
que no interrumpa el paso
la verdadera alquimia,
la que transforma ideas,
la que cambia horizontes,
la que convierte en paja
las rocosas paredes
que se oponen al paso
de mis ansias cimeras,
las que estrujan mis huesos,
las que impulsan el grito
que traigo desde siempre
al pie de mi fortuna
o a la sombra del hado,
que me atrevo a buscar
y a cambiarlo
por el bien de mis hijos,
los que enclavo en mi mente
desde que soy historia,
desde la vieja gloria,

mi estirpe, mi simiente,
la moneda que encuña
el perfil que define.
Mi nombre es Cataluña,
la juez de mi querencia,

la voz de mi camino,
las borlas de mi jaca,
la que conduzco al paso
para encallar la guía
en el viejo quehacer que definió mi vida.

Ucrania

Una buena razón

Se hicieron los caminos
para poder seguirlos;
se inventaron las farsas, las consignas,
la forma de empuñar
el arma,
la mentira...
Todos fuimos felices
hasta que un día el hombre se preguntó:
¿qué hago?,
¿por qué me siento solo?,
¿por qué no puedo hablar de otra manera?
Y una tarde cualquiera
se reunieron varios
para gritar distinto,
para mirar al sol de otra ventana.
Vino después el circo,
la farsa defendida por los tanques:
un cráneo de mujer hecho pedazos,
un niño hecho pedazos,
un grito derramado,
la verdad derramada

por las calles, los montes, la conciencia.
Se inventaron espías y complots,
se volvieron a hojear los diccionarios
y aprendimos de nuevo qué es la palabra *libre*;
nos volvimos a ver en las callejas
acorralando espías,
fueron tantos espías que fuimos a Siberia
por más armas,
para cazar a todos,
para cazar a todos.
El mundo va a aplaudir nuestra canción
porque ya Ucrania no tiene nada que decir.

De una eternidad

Me preguntas por qué has muerto.
No lo sé, yo te contesto,
no lo sé
como no sé tantas cosas,
pero sí he visto tu cuerpo,
pequeño cuerpo inmolado
en las calles de tu pueblo,
y he visto bajar tu féretro
a lo profundo del alma,
a la inquebrantable entraña
de tu inquebrantable Ucrania.
Quizás te vea algún día
en la inmensidad del tiempo
y otra vez me preguntes,
¿Supiste por qué me han muerto?
¿Por qué, cuando yo de niño
quise detener un tanque
con mi fusil de juguete,
"Morir por eso mereces",
me dijo aquel asesino
que venía desde lejos,
del imperio de las nieves
donde se tejen las redes,
las linieblas de la muerte?

No lo sé, diré de nuevo,
No lo sé, precioso niño,
por qué un vulgar asesino
te ha recortado el camino
que siempre recorrías
cuando ibas a la escuela
y aprender que, de los hombres,
hay que esperar lo que es bueno.
No lo sé, ¿por qué un malvado
ha atravesado tu cuerpo
con su odio, sus balazos?
No lo sé, ¿por qué tus padres
ya jamás han de mirarte,
ya jamás han de sentir
la ternura de tus ojos
o el clarín de tu risa?
Ah, mi precioso niño
de una patria conmovida
por el odio de un perverso,
el emperador de un reino,
del imperio de las nieves
donde se tejen las redes,
las tinieblas de la muerte.
El confín de la tristeza
está en la muerte de un niño,
y aquel malvado asesino
se ha venido a permitirlo
con su saliva, su saña,
en lo profundo del alma
de la inquebrantable Ucrania.

Y

Y si has destruido,
¿quién te querrá?
Y si has matado,
¿quién te querrá?
¿Dónde será tu aposento?
¿En dónde descansarás?
¿Dónde vas a alimentarte?,
¿en la casa de aquel padre
cuyo hijo acribillaste?
¿Quién amasará tu pan:
las manos de aquella madre
cuya casa derribaste?
¿Y a quién puedes convencer
que lo que haces es justo,
y que defiendes lo bueno,
lo que es sagrado y eterno,
si te hemos visto embestir
con tu tanque a una anciana
y aplastarla bajo el peso
de tu infernal maquinaria?
¿Le tienes miedo a una anciana?
He notado que tú evitas
el combate frente a frente,
que disparas desde lejos

donde nadie puede verte
y así matas a inocentes
como el cobarde de siempre.
Pero tú no eres cobarde,
eres el ruso valiente
al que le gusta destruir casas
y sojuzgar a la gente.

Bien, de lo simple a lo contrario,
de lo presente a lo eterno,
para que en tu inteligencia
no quede rescoldo o hueco,
para que entiendas, amigo,
que estamos hablando en serio.
De aquí el código de antaño
donde se refugia el canto
que le hace sentir culpable
a quien roba a un niño los años.
¿Entiendes ahora, ruso,
lo que quise descifrarte
o, si pudiera, evitarte,
lo que impulsa al ser humano
a compartir lo sagrado?
¿Quién amasará tu pan?
¿Quién te librará del peso
de aplastar a un anciano?
Has entrado a nuestra historia
como un vulgar asesino;

de ahí no sales, amigo,
de ahí no sales,
de lo profundo del sino
y acorralado en ti mismo,
hasta que se abra una tumba
para encerrar tu destino.

Siete palabras

¡Paz!

Por la Guerra Civil en El Salvador,
1980 a 1992, con sus ochenta mil muertos.

¿Dónde está, girasol,
ateridos los huesos y rota la esperanza,
aturdida en el tiempo, somnolienta
en la gruta del monte milenario,
roto el acervo y el impulso roto,
la cimera quimera de tu raza?
De la penumbra el zumo se levanta
de esta vieja montaña en la rivera.
De una vieja esperanza se disloca
una nueva querencia y en la llama
e imposible intransigencia de su vida
una guerra asesina se dilata.
Girasol, girasol,
henchido el pecho,
pintados los tambores y el hacha,
esta muerte inaudita
que al tirano enternece,

que al aposento de tu viejo ataúd gemidos lleva
en precario sustento de tu nombre
y en plegarias de espanto se acumula
la muerte de tu raza, de tu sangre.
Girasol, girasol,
que el viento lleve
tu lamento abnegado, solitario,
que has llorado por hoy,
por esta patria
que en silencio homicida se consume
en las huellas del cielo,
la crueldad de la tierra,
mansa tierra.
Girasol, girasol,
¿de dónde fluye
este vaho cimero,
este cieno asfixiante que destruye
la negrura infeliz que lo alimenta,
el mismo mal que empuja y lo arrincona
en la esquina violenta de tu patria?
Girasol, girasol,
que no ilumina
el cocuyo la senda de los viejos;
que ya no alegra
el zenzontle los rincones de tu tiempo;
cansada está la vista,
partido el corazón,
la mente hirviendo,
los dedos estirados,
los ojos entreabiertos,

cansado el muslo,
el ánimo cansado:
así te veo.
Ya no puede esperar,
Señor del Occidente,
el sino a enhebrarte
la piel que en mil hilachas se ha partido,
a arreglarte el semblante,
a pintarte la cara,
a estremecer tu cuerpo,
a levantarte
y mirar aturdido que esta muerte
es real
y está viva en la montaña
y en los pueblos
y ciudades
y caminos
y está viva en el alma de tus hijos
y está viva en la muerte de tus muertos.
Girasol, girasol,
culebra vespertina,
quetzal ensoñador que nunca dijo
lo que el tiempo a seguir pudo enseñarnos,
que tu amor a la vida,
peregrino estandarte, nos alumbre;
que destierre la tierra de su vientre
el mordisco asesino de esta guerra
y nos traiga la escuálida esperanza
un respiro de luz,
un ratito de paz.

Liviandad

Poseerás la tierra
y la llama del sol
y el secreto de la noche
y el estampado azul de una historia sin término
que empieza en la penumbra
y termina en la llaga
de la misericordia.
Aligeras tu paso al paso de la noche;
te allegas a la infamia y a la desesperanza;
acrecientas tu alcurnia
en los trozos de hechizo
que te culpa y te busca,
que te escarnia y te alimenta
y en el camino dejas
recuerdos de las horas
que llenaron las vidas
que esconden tu fracaso.
Si no fueras tan bella
no tendrías cabida
en las tardes ocultas
donde reina tu estirpe.

Si no fueras tan bella
tu secreto no sería
más que un jirón de luto
sin aliento y sin música.
Alado ser de antaño
que coronó a los númenes,
que arrasó mil imperios
en su magia impúdica;
en tu seno se escriben
las batallas de Troya
y al final de la lucha
se te rinden los héroes.
Pasionaria del hoy,
terquedad del mañana,
panal de la ternura,
envidia de los simples
sin arraigo en la lucha
donde se forjan sueños,
donde empieza la vida,
donde termina el hombre
de encontrar otro cielo,
otra forma de ser,
otro universo.
Tu nombre es Liviandad,
la beldad que te lleva
alzó las muchedumbres
de sus vacías penas,
de sus quebradas ansias
y de su triste faz.

En la luz de tus ojos
se adivina la fuerza
que conduce hasta el siempre
y al roce de tus manos
se corrompen los sabios,
se engrandecen los pobres,
se encuentran las leyendas
donde acaba la paz.

Fe

Camino de centella,
camino fulgurante,
adhesión a lo eterno,
incongruente vereda de lo extraño,
lo insólito y probable.
Nazco en la oscuridad de lo imposible
y termino estallando en meteoros:
cada uno un acierto
de que sí estaba ahí
lo que faltó; la mano,
la osadía, el talento
para infundir respeto
en los ojos de Dios
y de seguir sus hilos
y de empezar la historia
o terminarla.
Del sueño que yo hice
nacieron los imperios;
la ciencia busca en mí
su reposo y su ensayo
y el arte su cambiante
estado y su recodo.
Los ojos de la virgen,
las chispas de la estrella:

todo en mí encuentra ocaso
o motivo o principio.
La belleza es mi enseña,
la eternidad mi herencia
porque por mí se escapa
de la ciudad doliente
y aquella eterna pena;
porque por mí se allegan
la esperanza y la vida,
la cumbre de la llama
que incendió al universo.

Defino en su frontera
la esquividad del hado
y estriño en sus ropajes
las sombras de la muerte;
porque yo soy la Fe,
porque yo soy Poesía.

Verdad

A ultranza he de dejar
la vida y su relámpago;
del centelleo azul de la esperanza
he de seguir el paso
que, encaminado el tino y su encomienda,
la visión saltará de su amargura.
De Dios esperaré la última holganza
y el cotidiano hacer de mi tristeza.
De este giro tenaz y su discordia,
abollado, infeliz, extraigo un llanto;
que a él abogaré
y al ápice del miedo,
a ultranza de Dios y su relámpago:
escarnio de un ayer que se hizo añicos;
laberinto escarpado del asilo del miedo,
asiduo labrador, carcomedor de sueños,
no me tengas confianza
que a desafiaros vengo.
He llegado a ultranza
por la puerta que esconde la vereda del sueño;
traigo el rincón oscuro de la desesperanza,
el escondite negro de la misericordia
y el acerado luto de millones de muertos.

Yo soy el hacedor,
yo soy la vida,
en mi verso empezó el caminar del mundo;
sin mí no hay más allá;
soy el punto final de las palabras,
la alquimia mensajera de lo incierto
y la que abre el telón de lo infinito.
Yo soy la ciencia,
yo soy la envidia y su rapiña,
el ara del pasado y el futuro,
la envoltura del viento y su melodio,
el nacer de la música y la astucia
del ladrón y del hampa y del tirano.
En mí se atravesó la estrella de los sabios,
se atragantó también la herida de los siglos
y el ahoyar inquieto del paso de los años.
Soy todo eso y más, y más aún...
Yo aprendí a descifrar el nombre de las aguas
y a encadenar el eco de los números.
En mi se han inventado las selvas, los caminos,
las ciudades y astros y escollos peregrinos.
Soy el amanecer del parricida,
la ley del asesino
y el canto de los niños.
Soy el abusador y el ventajista;
en mí se hizo pedazos el coraje
y el cobarde y el vil entronó su aquiescencia;
a todos les di nombres y haciendas,
a todos he devuelto su rescoldo;

en mí todos hallaron sepultura
de su afán, su quehacer, su intransigencia;
sin mí no hay más allá:
mi nombre es Verdad,
mi página es el viento.

My name is Truth,
my page is wind.

Esperanza

En mí se anida el trino
de lo que ha de pasar,
su fuero, su destino,
su forma de acabar.
En mí cuentan las noches
sus horas y su hastío;
la encomienda del tiempo
su volver y su brío.
Yo ideé la almoneda
y el presagio,
el retumbo del paso
silencioso y pesado
del hado;
de la infinita estancia
donde duerme la siesta
el terminar de todo,
las vocales del sueño
y el conocimiento.
Soy la palabra dada
que nunca ha de sonar
y la esquiva mirada
de la amante lejana
que no ha de retornar,

la que dejó en el alma
el sondeo del aire
donde empiezan los versos
y ahondan su misterio,
la que nunca dejaste
de seguir en silencio
y quererla atrapar
en el cerco de luces
que alimenta tu empeño.
Mi nombre es Esperanza;
mi caminar, mis alas
abarcan horizontes;
aún en mí la muerte
encuentra su solaz
y deja su guadaña
al dintel de mi entrada
para arroparse, toda,
para contarme, a palmos,
de horizontes y siglos encolados
su paso en el camino
del hombre, su martirio
al recordar el hueco
feroz de su principio.
En mí acalla su llanto
la tristeza.
En mí basó su ejemplo
el caminar del cielo
y su misericordia.
Mi nombre es Esperanza;

yo soy la voz de Dios,
yo soy Su cetro.
En mí sólo hay verdad;
soy la esencia del hombre,
soy la esencia de Dios:
yo soy Su voz;
yo soy Su cetro.

Creer

Porque soy débil
no puedo acrecentar
yo mismo mi alimento;
porque no sé hasta dónde
alcanzan las palabras
o la luz donde viaja
el pensamiento;
porque no sé el origen de la vida
ni el final de la muerte;
porque es así ya nunca
lo que parece,
no puedo regresar
a lo que pudo ser.
Porque soy débil
no puedo soportar
el peso del silencio
y el morder de la ausencia;
si no puedo volar,
qué más me queda hacer
sino llorar
la venia del respeto
a lo que pudo ser.
Pequeño ser fugaz
que caminas el rumbo

donde te has de acabar,
no puedes abarcar
o detener
un segundo siquiera
de lo que ya pasó.
Porque soy débil
me asomo a mi memoria
sin parpadear siquiera
para ver el momento
donde se para el tiempo,
y todo se recuerda,
y todo se ilumina
con la mecha del genio,
con el grito del alma
que escapa de sí misma
y llena la distancia
donde se mueve el tiempo,
la voluntad del hombre,
la voluntad del genio.
No puedo compartir
con nadie mi recelo
de haber hallado el punto
donde se junta el rezo
con la palabra impía,
con la verdad eterna
donde florece el genio
y en ese instante mismo
se puede adivinar
la Suprema Bondad
que origina lo que es bueno

y descifra los secretos
que tortura a los cerebros;
y desde aquí hasta el comienzo
o hasta el dintel
del final,
si hay alguien que cree en mí
ha de ser Él.

Palabra séptima

Sin nombre,
para que tú la escribas,
para que tú la digas
y dirijas los pasos
que habremos de seguir;
la cimera expresión
que habrá de cobijarnos
a todos los que somos,
a todos los que fuimos;
aquellos que escribimos
las primeras palabras
donde inició el recorrido,
y marcaron el rumbo
de la ingente niñez
donde explotó este mundo.
No habrá más que decir,
en ella encerrarás
el último prodigio,
el final de la búsqueda,

el principio de todo:
la Eternidad.

Del origen de La Luz
ISBN Hardcover: 978-1-63765-624-2
ISBN: Paperback: 978-1--6376-612-9

Este libro traza el camino de un sueño. El sueño empieza en la juventud del autor, expresado en los poemarios "Añoranzas" y "Ausencias".

El descrito parámetro, ceñido por la impotencia al contemplar la impunidad de falaces gobernantes y despiadados criminales, cebándose en la pobreza eterna de mi país, trata de sacudir el espíritu del lector en la historia "La Luz", en la cual se puede percibir, en sus últimos párrafos, la victoria de los ignorados, los de siempre. Esa victoria continúa en "El origen de La luz" con la descripción de un hallazgo inimaginable y capaz de cambiar el rumbo de la humanidad entera. Pero el hallazgo no será para unos pocos, es para todos los que albergan la nobleza en sus conductas y no se rige por la codicia, pues sólo obedece a los designios de la paz entre los pueblos. ¡Quién pudiera ser parte de este sueño!

"Las comadres" nos baja al trajín diario de nuestras gentes, quienes nos presentan sus ideas inmutables en el dejo de su esencia. Porque ellas son así, inmutables, porque advierten y conocen lo esencial.

El deleite innato en el poemario "Aventuras en poesía" es mi regalo para ti, que aún sueñas.

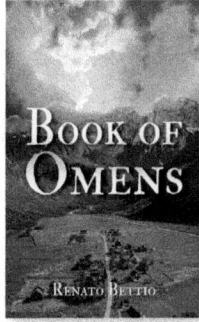

Book of Omens
ISBN Paperback: 978-1-63765-625-9

Now, he brings to you, dear reader, a piece of the inspiration his soul embraces. He writes stories about impunity and misery that affect his Central American fellow countrymen. Yet he also ascribes himself to the tangible faith of those affected. In them, in spite of their suffering, the longing for life doesn't go out; they have a philosophy that keeps them thinking that it's better to be.

Escanea con tu celular el QR

AUDIOLIBROS

Contraseña de acceso:
RENATOBETTIO

www.ingramcontent.com/pod-product-compliance
Lightning Source LLC
LaVergne TN
LVHW021513080426
835509LV00018B/2496